哀眠

张怡微

人民文学出版社

图书在版编目（CIP）数据

哀眠 / 张怡微著 .—北京：人民文学出版社，2023
ISBN 978-7-02-018223-7

Ⅰ．①哀… Ⅱ．①张… Ⅲ．①短篇小说—中国—当代 Ⅳ．① I247.7

中国国家版本馆 CIP 数据核字（2023）第 174104 号

责任编辑　李　然　王昌改
责任印制　宋佳月

出版发行　人民文学出版社
社　　址　北京市朝内大街166号
邮政编码　100705

印　　刷　北京盛通印刷股份有限公司
经　　销　全国新华书店等

字　　数　156千字
开　　本　850毫米×1168毫米　1/32
印　　张　9.125
印　　数　1—8000
版　　次　2023年10月北京第1版
印　　次　2023年10月第1次印刷

书　　号　978-7-02-018223-7
定　　价　59.00元

目录

伊丽莎白

一

我们的母校，最近开放了一种给大礼堂的观众椅捐名字的慈善活动。其实就是变相募款。人到中年，一些传奇纷纷在同龄校友身上苗长。例如有个青年才俊索性为母校捐了一栋楼，过早地成了别人口中的历史人物，这也让新来的小朋友们分辨不清他的年纪。网上都说，人们很难接受身边的人崛起，更愿意同情认识的人惨遭命运的恶意。这样的大道理，当然中学里是不会教的。尽管中学十分乐于提供一半的舞台，来展示人性和时运的阳光面。但在另一半被撒旦所祝福的舞台上，校园也曾是姑息幽暗的摇篮。回想起来，中学生活还提供了不少人生哲理烟幕弹，例如告诉学生要"超越自我"，而不是超越隔壁桌肉眼看不出来的才俊，没有经历过中年危机的夜都想不出这么佛系的目标。此外"知识改变命运"也是

伊丽莎白

字字血泪的烟幕弹，并没有说清楚改好改坏。狄三小时候认为，一所没有经历过辛亥革命的学校，它就不能算是一所顶尖的中国学校。当然，最近他有些迟疑。他发现自己在不经意间会对基友阿胖说起，隔壁桌的那个不起眼的"小眼睛"，如今已经在手机经济新闻里和合伙人一起咧着嘴敲钟。狄三甚至觉得，在冥冥中这件小事和自己也有点关系，与有荣焉，毕竟硬要说起来，都是一个学校毕业的。

"这种人……说不定哪天就被抓起来了。"狄三却突然对阿胖说，"第一桶金总是罪恶的。"

"可不是吗，到时椅子上刻的名字还要刮掉。"阿胖附和道，"你等到那时再去抄底，替母校分忧，比较划算。"

狄三家原不属于这片学区，其实现在也不属于，只是现在的分区更动荡，暗地筹谋的方法也更隐蔽。时代不一样了。狄三对阿胖说，如今是一粒片仔癀能被炒到1600块天价的时代，也许有一天他也能捐上全礼堂的椅子。阿胖问他，"你囤啥不好啊囤椅子。你要那么多椅子做啥？"狄三说，"那是椅子的事吗？那是一个象征。"阿胖说，"象征啥呀？象征当个人从众？我们母校的演讲桌开额度了吗？你还不如捐个桌子。"狄三知道阿胖在怼他。阿胖现在不比从前，怼起人来越发松弛了。

阿胖问，"你有孩子吗？你没小孩费那劲干啥。你但凡多费一点劲，都算没享受到没孩子的好福气。"狄三问阿胖，"那你女儿的名字想好了吗？"阿胖说，"这么大的事，要不就交给你了教父。你读书多。"狄三说，"我想好了，要不我们家女儿就叫谢特……且，终身不使用英文名。"阿胖说，"那不行的，我们是先有的英文名。她外婆给的名字。"狄三问，"叫啥？"阿胖说，"我们叫……伊丽莎白。"狄三说，"噢哟，那她这辈子得经历多少事啊，从西班牙流感到新冠大流行、从丘吉尔到梅根……我们外婆可真是女中豪杰，一代狠人。"

阿胖姓谢，和他太太一样，这避免了很多麻烦。

伊丽莎白命好，白白胖胖诞生于冠状病毒肆虐的间隙，并没有受太大罪。但阿胖的老丈人没逃出这道坎，或者说他以为自己逃过了。身为一个领导，他很快投入到了忙碌的社交公务中，有天突然在家里倒下，因心肌梗死再也没有醒来。因为事出突然，老爷子甚至没有留下任何话。奠礼收了足足五十多万，依然无法安慰顶梁柱倒塌后的心碎母女。阿胖心情郁闷找狄三喝酒，说这是他第一次经历那么近的人身故，有点接受不了。狄三说，"有什么接受不了的，就这几年这样的事轮到谁了不都得接受。你是不是也是第一次知道老头那么有钱。"阿胖说，"是的，这种事一般人都承受不了，你不懂，看起来接受了和实际上不是一回事。""你往好处想，其实谢特可以不要奋斗了。"狄三说。阿胖没出声。他俩没说到一起。何况这孩子刚出生，能奋斗什么呢？平安就行了呗。平安多难啊。

狄三和阿胖在这所中学做同学，一晃已经二十多年了。想起来母校也快三十岁校庆，对一所学校来说，还是很年轻的。狄三和阿胖，一个在大学当老师，一个在银行当网管，友谊不能说地久天长，基本也算是平稳。阿胖二十六岁大学毕业结婚，娶了一起打游戏的大学同学谢丽莎。谢丽莎的父亲人挺和善，就是太保守，不喜欢阿胖去企业奔波，就把他弄进银行。到了银行他才知道，和他一样命运的人还有很多。狄三，没那么多牵绊，就一直在校园里晃着，把人生高光时刻"巴黎高师"挂在嘴边。因为六年没有 A 区论文发表，也没拿到国家课题，去年考核没过差点失业，硬是凭借好口才才转去了马院。狄三最近很少提到巴黎了，可能是因为心情不好，在单位受了挫，毕竟转教学岗也费了很多劲。狄三对阿胖说，学生给他评教打的评语是，"一个嘴里含着巴黎的水货"。他问阿胖，"我们念大学有这么刻薄地喷老师吗？现在的年轻人怎么这么不着调呢？"阿胖说，"我是没有，但你好像是喷过的。你还是用油漆喷的。"狄三不响了。他甚至有点感伤。他也想起了那件小事，觉得现在自己是在消业。不过当时他也不是为了自己。那股怨气夹带怒火一股脑拧成勇气，已是很久违的热血了。狄三看看阿胖，一时语塞。阿胖脸上的表情已经长出了那种中年人看不出表情的轮廓。也许他自己也是。

但谁也没往下细说。

狄三瞅瞅阿胖的肚子，还想起了一些阿胖跳槽失败的往事。这时局下，银行和学校一样地耽误人。阿胖面试了Booking没有通过，他曾抱怨自己会的技术早就跟不上时代。废寝忘食还要上班卷了大半年，最终看到面试方主推的玻璃海度假胜地页面，一时被某种说不清楚的恐惧梗塞住思维，硬是没法编出鼠标指向目标选项的几个弹框代码。于是前功尽弃。再后来，阿胖开始在家和丽莎一起学做翻糖蛋糕。万事开头难，难的代价是有了肚子。命运给他俩的剧本，看似都不怎么样，一碗水端平，都那么没意思。

阿胖可能已经不记得梦伊了，狄三想，他都有谢特了。多少年了。

二

阿胖打开久久不用的校内网。只有那里还能看到梦伊的痕迹。她没有赶上微信朋友圈的时代。阿胖也就是随便搜搜，并不会真的点开她（真点也点不开，梦伊并不是他的好友）。如果梦伊现在还活着，她应该会愿意加他好友吧，毕竟大家都那么老了，过去多拧巴的事也不算是个事。没有什么事大过生死，人们常常这么说。阿胖对狄三说，丽莎父亲的死是他第一次经历那么近的人身故，当然是在说假话。因为梦伊对他而言，曾经也是很近很近的。只是两件事时间相隔太远，远到差点就让人忘记，直到另一次冲击再发生，才令人遥遥地想起往日的震颤，想起一切恐惧都没有消失。

梦伊死于一场潜水事故。

那时梦伊刚在美国硕士毕业稳定生活，工作好、婚姻也好，一切都"好"到仿佛神迹。这是理所当然的，在阿胖心中，她就该那么好，也配得上那么顺遂的人生。只可惜一具突然启动的螺旋桨，将梦伊女神一样的生命轨迹骤然截断。"她的身上到处都是伤口，内脏荡漾出身体，在她的眼前飘荡着。腿上的肌腱和胫骨被切成片。"这些词，阿胖都是从白莹的小说里看来的。白莹的小说里还写道："抢救时医生欣喜地发现，她比其他人多长了一条动脉，可以让她的血液循环，这给了大家希望。不幸的是，正因如此，她剧烈的痛苦又绵延了三天。这可真是一种高级的死法，高级的不是'夏威夷'，而是她有幸经历了疼痛的地狱一共有几层……"

那篇小说名叫《升水》，意思是潜水者即将要接近海面。

女主人公耳压趋近平衡的上升过程，也是一线生机的幻象。船开始动了，引擎响起，最后一丝理智强硬地拨开沉重的恐惧，悲剧在噪声中惨烈地发生。小说结尾写到了一面在濒死体验中若隐若现的"阿尔法旗帜"，一面白色和蓝色的旗帜，旗帜的一端是一个三角形缺口。这是行规。当船只的机动性受到限制时，船上就会悬挂阿尔法旗，象征一种警告，象征着远离。船只和其他水运工具都应该远离旗帜。但真正可怕的是启动的螺旋桨，它像潜伏着伺机肆虐的死神。《升水》的点击率并不高，评分人数也很少，可能脱离读者生活太远，行文也比较唆嗦。阿胖不知道要怎么给白莹的作品打分。他隐隐觉得白莹这事做得不对，但白莹字里行间看起来也没有什么坏心。她只是不该写。像梦伊这么好的人、这么悲惨的下场，居然成了一种"素材"，这对家属、对爱她的人来说简直情何以堪。然而，这样大的事，居然也已经过去十多年了。十多年来，除了白莹，阿胖再没听过别人提到梦伊。她就像一个没有出现过的人。真可怕。谁死了都是这样的结果吧。这样想过来，又觉得还好是白莹留下了一些震惊、战栗和惋惜。白莹又没有什么名，也没写出什么名堂。

谁不是呢。

写就写呗。多大事啊。

十多年来，白莹知道阿胖是她的读者，阿胖也知道白莹

伊丽莎白

知道。他逢年过节会问候白莹，听听她当无名作家的口水话甚至是牢骚话。阿胖会点开白莹发上微信读书里的小说。最近白莹的小说热度有所提升，她开始写一些女性犯罪的题材。有一篇悬疑故事叫《冷热桥》，缘起未来时代一起借由装修促成的凶案。因全球气候恶化增添了建材导热系数与传热系数过高的风险，被一位心怀复仇之愿的女建筑师所利用。最终她宿愿得偿，杀害了一个多偶男。不过仔细想这个故事，逻辑其实很牵强，技术上类似于兴师动众地利用气候与建材属性，在马尔代夫水上屋的窗沿上烫熟了一只中等体形的螃蟹。不过比起《升水》，白莹显然已经越写越好了，看得出来她这十几年把时间和精力都花去了哪里。白莹的小说里总有一种毫无必要的、充满钝感的狠劲。阿胖心想，文不如人，白莹本人可是一个清秀伶俐的胖姑娘，没想到小说里那么厌男。奇怪的是，这恰好符合当代女性读者的阅读潮流，良好的反馈反过来又鼓励到她。她更努力了。也更钝了。她本来还挺轻灵的。可惜她如今背负的宣传标签，就会让她看起来很笨。像很有苦衷的孟姜女、精卫或者……秋菊，自学了一点点逻辑学。

　　阿胖不知道白莹为什么会成为一个作家。但如果班上有一个人会成为作家，那一定是白莹。白莹同学几近模范地践行了他们母校的校训，她超越了自己，毕竟她也没有竞争者。

上学时，每当老师念起白莹的作文，狄三就会露出奇特的表情。阿胖知道这表情是在嘲讽她，嘲讽她做作、脑洞大、没事找事、无病呻吟。但阿胖倒挺喜欢白莹的小作文，她会把特别无聊的春游写成十首歌，还分成卡带里的 A 面、B 面，这特别"伊能静"。她也会尖刻地讽刺住在别人家里的小孩是"知青子女"。阿胖问狄三什么叫"知青子女"，狄三说，"就是她爸妈学历是初中毕业。"阿胖好像听懂了又好像没有，直至语文老师声情并茂地夸奖她道，"老师自己就是知青后代，所以特别能理解……"狄三恐惧地说了一声"噢哟册那，呸呸呸"。二十年后，阿胖在抖音里的脱口秀、摇滚乐小视频里看到了很多文艺界的知青子女后代在剧场里表演，这些稀奇古怪的表演他都好喜欢，幽默、辛辣还促狭，像什么"喷劲 FM"或者"喜剧联盒国"。他们令他很难不想起狄三和白莹。阿胖总觉得他俩小时候能走在一起 puppy love 是有道理的，至于这个道理是什么他也说不清楚。也许是一种非主流的聪明劲，也许是娴熟于"歧视"的同理心，一种"因为懂得，所以不慈悲"的虎伥之乐。阿胖被他们吸引，又说不出他们坏在哪里。二十多年过去了，他们都成了文化人。

阿胖还曾犹豫，到底是找狄三还是找白莹给伊丽莎白取个名字。他总想给女儿一个好名字，伊丽莎白是很好，但压力太大，他只想让她平安健康地过一生。阿胖也不能光明正大地去向白莹讨名字，他不能让丽莎知道事情的原委。尽管阿胖早已不太介意，他喜欢过白莹这件事。他和狄三依然是朋友。那些年他和白莹一样，都挺迷狄三这一挂精神垮塌的废人。他懂她。他也懂她小时候没有识别出狄三这种废物，还以为搞不好是个才俊。要怎么形容好呢，准确的词可能还是要到白莹的小说里去找。《冷热桥》里就有个特别像狄三的人物，白莹在小说里叫他"精巴"，因为"精神巴黎人"，而且"精巴"出去社交找朋友，还被人误以为精的是巴西，因为那会儿正好是世界杯。

（他要精的是热情阳光的巴西，可能就不会被白莹在小说里用合金杀掉了）。

"其实我比你先去巴黎。你老是搞错。我初中就跟爸爸一起去了。那时有个电视剧，叫《走出凯旋门》。拍的是一本地摊书，叫《一个中国人在布尔高涅》。布尔高涅，你知道吗？现在的人都不这么说这个词。"阿胖有次酒醉时对狄三说。

"你可拉倒吧。我是去的巴黎高师。你懂不懂，你是游客。我们不一样。我比你懂巴黎。你懂啥。"狄三同样迷迷瞪瞪地反驳。

"一个嘴里含着巴黎的水货。"

"我十几岁的时候就跟爸爸去过巴黎，如此重要的事情一个月说三遍还不够吗狄老师！"

"除了去过巴黎您可哈学术也没搞出来啊。能回炉你的巴黎再深造一下吗？水货。"

"好怕成为这样的人，一辈子就被巴黎折断了。还有那个邱老师，一辈子就被哈佛访问学者折断了。"

"你们这帮白痴！"狄三对着飘浮在云上的评语喊道，"你知道个屁！"

好像他也曾对白莹吼过的那一破嗓。

"去他妈的勃艮第！"

狄三那时真年轻。

三

"我们家里装修时用的断桥铝，是将铝合金从中间断开的。要用硬塑将断开的铝合金连为一体，这样热量就不容易通过整个材料了，这就是'断桥铝（合金）'的由来。我的小说就是受到了装修的启发，坦白说是无数次装修失败的启发，懂的人都懂，恨到起杀心……"白莹在播客里介绍自己的小说，"但去掉断桥能不能杀人我也不是很确定的哈哈哈，所以把故事时间定在了未来，气温更极端的环境里……大家没有戳破我的设计我很感恩……"

狄三点开朋友圈在听。

狄三心想，这什么破玩意儿还能杀人。写小说钱那么好挣啊。

但他还是给白莹的朋友圈点了个赞，还留言问她，"啥时候吃饭啊大作家。"

发完他看到了消息提醒。阿胖也点了个赞。

他们三个人有二十多年没有一起见过了，也许是十几年，总之就像从来没有一起见面一样。

其实是有过的。

有一个阶段，他们三个人的友谊甚至是日常生活的大部分内容。阿胖喜欢上了白莹（确切说是在知道了狄三喜欢梦伊之后，将无处安放的感情转向白莹）、他不敢单独约白莹，狄三就陪他约。白莹喜欢狄三，狄三心知肚明。狄三说他正牌女友的位置将永远为梦伊保留。这事胖胖的白莹当然听到耳朵起茧。她不在意，她知道狄三没希望。狄三连北大考古系都考不上，去北京只坐得起动车而不是高铁，他用什么追。他就是说一说，证明自己配得上。白莹没有放弃狄三。她不纠结的方式，有别于在现实生活里胡搅蛮缠，而是在小说里，一遍一遍地杀死狄三。

这样拧巴的青春饭，可能也只有年轻人愿意凑合着吃了一顿又一顿。

狄三从来不看白莹的小说。就像他也不屑看知网的论文。他和白莹既没有绝交也没有经由岁月流逝累积任何有意义的交情。他们就保持在一个稳定的不稳定状态。阿胖曾对狄三说，你俩可能是发明了一种新的人际关系，难道巴黎人是这样的吗？狄三觉得阿胖是嫉妒他，他享受这种嫉妒。哪怕就为此，他都要努力维持住这种发明。反正也不花什么精力。

"你最好不要看她的小说。写得不好。真的。特别瘆人。"阿胖劝狄三说。

"上海人谁会看小说，不忙吗？小说里能有什么啊，有炒股之道、拆迁之道还是移民之道啊？听说她还懂环保、懂科技、懂女性主义，吓唬谁啊，她高考数学及格了吗？"

"她给我们母校认捐了一排椅子。"阿胖轻声反驳，"高考数学也及格了。91。哈哈哈。"

狄三无言以对。

"她读书的时候还帮你写过一篇论文应付通识课，叫《知其不可而为之》，是不是？"

"原来不是《人不能低下高贵的头》啊？"狄三心里嘀咕，"你怎么什么都知道？"狄三问。

"你跟我说的啊。"阿胖回答，"你这样下去会老年痴呆的。"

狄三没说话。但他没对他说过。他很确定。也许是白莹对他说的。

"我去见了白莹。她现在是个名作家了。"阿胖说，"没说到你。你放心。我们从不谈你。她后来送了我三本书。"

狄三的表情突然变得很不好看。因为中年的缘故，他抿嘴的时候甚至还有一些黑脸的意思。

"你小心被你老婆看到。"狄三对阿胖说。

"没事，她知道。她读过。我俩一起去的。"阿胖悠悠地回答。

"文艺界听说挺乱的。"狄三说。

"她还好，"阿胖说，"去年卖了几条故事线，买了个房子。"

"这么说她倒是有财产的啊。"狄三说，"啥故事线那么值钱啊？她没出卖国家机密吧，哈哈哈哈。她能写啥啊？小作文的路数。"

"苏梅岛螺旋桨杀人案和冷热桥杀夫案。"阿胖冷峻地说。

"开玩笑的啦，看你紧张的。"阿胖看狄三脸色比非升即走差点没过时还要难看，只得帮忙缓颊。冷峻原来是开玩笑。

"你喝多了。"狄三咬着牙说，"当心你老丈人来找你。"

我怕的不是他。阿胖想想，想想而已。

四

二○一○年的春天，那天天气很好，白莹记得清楚，她在微博上看到了梦伊的死讯。

那是白莹快要大学毕业的时候，适逢次贷危机后，文科生的工作并不好找。她在一所二本大学学中文，同一所学校的高中同学还有狄三和阿胖。狄三学哲学（因为没考上别的），阿胖学计算机，大三的时候，阿胖退学，去美国社区大学混了一年，最后去 UC 系的学校重读了一个本科，洗白了学历。他比他们都晚两年本科毕业，但对男人来说，耽误这两年不算什么。阿胖回国时结了婚，还去了银行工作。这在当时也算是一个颇为奇怪的生涯选择。奇怪的点是，若是求安稳，他又何必花那么多钱独辟蹊径出国留学。若是想在银行上班，也可以在美国的银行上班不是吗？但阿胖从来没说过什么。他看起来特别随遇而安，特别灵活，"都可以，没问题，好的哟"。他甚至没把孩子生在美国。在白莹看来简直不可思议。

如果没有狄三，白莹也许真的会喜欢上阿胖。她也说不清楚这中间的原委，仿佛每次她差一点就要接受阿胖时，狄三就会冷陌生头为他俩这拖棚的歹戏续上一段插曲。回过头看，那插曲又什么都不是，什么含义都没有。二〇一三年阿胖结婚，他最先退出了这个无聊的青春游戏。

婚礼时白莹见到了狄三，那时他在法国留学，也顺便洗了学历。他们加上了微信号，那是分手后新出的社交软件，接续着 MSN 时代没重点的聊天。只有她兢兢业业地从二本毕业、工作、工作不顺 …… 有时写作小说解闷时，白莹会回到记忆中那些乍暖还寒的普通日子。她还抱着高中三年一直背的 Jansport 书包，左边侧袋放一瓶水，右边侧袋放一把伞，打着三份工，一个校对、一个家教、一个枪手。在那倒霉的一年里，她当校对因睡眠不足没有看出领导人的名字多写了一个字被辞退、当家教时遇上了老要闻她头发给她喝饮料的男主人产生了恐惧的阴影、当枪手时遇到了不讲理的甲方，硬说她交的星座故事在网上查得到写作痕迹，会让人发现这是她写的。这不废话吗，白莹心想，是我写的啊，你老人家出个星座专辑找代唱十首歌不更容易吗？但对方在电话里对她说，可以让她在上海混不下去，出于对玄学本身的尊敬，她只得退缩，最后连尾款也没有收到。那之后，白莹再没信过星座，还在小说里极尽所能讥讽星座专家。她也不太相信男人，只是她不再像早期写作时那样痴迷于在小说里杀死女人，转而投向杀死体力不对等的男人。这增添了创造的可能性，毕竟因为难，所以才需要一些技巧、一些推演、一些经由智取抵达使命的想象力。有一次编辑实在受不了了，对白莹说你要是再"杀夫"我们就不给你发了。白莹好声好气赔笑道，"没有没有哦，这次没有了，这次故事里的丈夫，他是自杀的……"

白莹唯一将信将疑的只剩下文学。这能短暂给予她生活里不曾有过的力量。

"你还在写小说啊！听说你们这样的大龄文艺女青年，只会做西红柿炒鸡蛋，是不是这样啊？"阿胖结婚那天，狄三对白莹说。这话她一直记在心里。有时她能感觉出恶意，有时又觉得没什么。但那时的白莹，还不敢怼脸骂他大傻逼。她甚至还想问问他近况，会不会回国工作，会不会记得她给他写过那么多论文，为他跑腿逗他开心，不管他和谁在一起，会不会都和她是一辈子的好朋友。

白莹按照自己制定的日程生活、打工、写作。每三个月制订一个写作计划。她几乎写遍了中学到大学的故事，有些是听来的，有些是真的。包括女班主任每天中午在厕所里帮打完篮球的男同学擦汗，男语文老师举着考卷问"这个没写名字的男同学给我站出来！"等等荒谬奇事。慢慢地，白莹开始学会把这些校园生活的细节和都市悬案结合在一起。许多人在小说评论中反馈给她阅读想法，夸她了解上海穷人的生活，也洞悉人性阴暗面。也有人说她的点子是抄袭这个或那个举世闻名的惊险故事。粉丝会为她反驳，最常举的例子就是一个叫《升水》的小说，文笔青涩但有一种奇异的忧虑和宿命感。《升水》写的是一个新婚的女高才生，蜜月随丈夫一起去海岛浮潜，后不幸遇难。她的丈夫说了一些奇怪的话，当然女主人公也是，这就有些阿加莎·克里斯蒂，虽然推理不足，但胜在氛围，仿佛受害者和加害者都知道厄运即将来临，他们没打算逃。故事里的女高才生从北大毕业之后就去美国留学，很快在留学时遇到了后来的丈夫。她是一个浮潜能手，得益于优渥的家境和认真的练习（尽管小说里对海岛度假及浮潜知识的描述都很不对劲），那次螺旋桨事故发生时，女主的丈夫和船长都在船上，照常理丈夫知道她还在水下。他没有说。他确实也没有动机要杀害她。他甚至在她死后，还收到了亚马逊的几个包裹，那是他买给她的新婚礼物——来自法国布尔高涅的一瓶葡萄酒。后来有人直接评论白莹小说的爱情观，堪比《西游记》里取经僧遭遇化斋，一化斋就能惹来杀身之祸，美其名曰——"没有男人能活着走出白莹笔下的蜜月"。白莹于是顺水推舟给新的小说集命名为《蜜月》。如果不是写作，她不会身潜各大论坛寻找夫妇相杀的故事。有些民间团体热衷于报道每天发生在全球的杀妻案。全球杀夫的故事则要少得多，这给白莹留下了许多创作空间。拜互联网普及的恩赐，如今在自己难以企及的生活细节上，她也能更娴熟掩饰自己的无知。她最近写的小说，是在数字游牧时代的女性婚姻风险，借用了美国二十世纪三十年代沙尘暴时代的"奥克佬"概念，生硬地套用在了她的凶案故事中。她喜欢沙尘暴十年的黑暗隐喻，那真像她十八至二十八岁的人生。怀抱着希望独立寒秋，其实就是傻。然而"傻"却是黑暗人生中唯一动人的东西了。

白莹的故事刚一发表，就有播客找她对谈。这是她稀少的一次访问。谈得还挺好，像那么回事。白莹乐呵呵地把访谈二维码发在了朋友圈，却收到了一则意外的回复，来自她这半辈子人生唯一爱过且在小说里杀过无数次的人——狄三。

还紧跟着一个其实已经可以轻易看穿她、却从没说破她的阿胖的——一个赞。

友谊啊，太绵长也苦涩。

五

"阿胖让我们给她女儿想个名字。"狄三对白莹说，"你看你现在都是名作家了，我想听听你的意见。所以请你吃个饭。"

白莹知道这就是个幌子。她已经能够识别狄三嘴里"我们"的调情（还是挑衅）意味，以及他压根不需要她的意见，他这辈子就没需要过她的意见。他纯纯地就是挑衅，讽刺她是一个作家了不起死了。他也许已经知道了她这些年对他做的事，小说里的事。这也不怪他。谁知道都不乐意啊，毕竟他还活着。尽情讽刺吧。白莹心想。对眼前这个人，她倒是早就过了患得患失的年纪，反正他认识她，算他倒霉。

"我觉得就叫谢梦伊不错的。你觉得呢？"白莹问他。

狄三狡黠一笑，"哎哟，这事你还介意啊，多久了都。她都转世投胎多少次了。我都放下了。阿胖都有伊丽莎白了。伊丽莎白老人家她都不在了。"

白莹知道他的意思就是把"小气"这个帽子扣在她的头上。

不过好在，他有点见老。狡黠变得更好辨认，眼袋会更突出，眼神疲惫且浑浊，鼻周的毛孔粒粒可见，半天之后就会从中渗出油滑的物质形态来。他已没有优越的皮囊可以掩饰自己的内心。

"你知道阿胖的老丈人心梗过世了吗？"狄三没话找话又说。

"他是自己死的呀……"白莹回答。

可惜狄三听不出白莹埋的包袱。气氛还一度有些尴尬。

"你知道吗？你瘦了很多，变好看了。而且我有预感，你未来会变更好看。你说我那时候是不是瞎了。"

"你说你在巴黎的时候啊。"白莹问。

"哎别提巴黎了,"狄三说,"巴黎害了我,你看我现在混得,连把椅子都捐不起。"

"呵呵可不是,都是别人的错。不是勃艮第的错,就是巴黎对不起你。"

"我知道你恨我。是我不好。我错了。你要不问我错哪了你都不算女人。好了吧。你写作的你知道,人都是很可怜的。不是吗?"

白莹差点儿就有点感动了。

"行吧。那你错哪儿了?"她还是问了。

"哎哟你这人真是一点没变。"他还是那样,一点没变。

"你知道,阿胖一直跟我说,说你小说写得很烂。不仅烂,还瘆人。这点我是不同意的。你怎么会写得烂呢?你小时候的作文,语文老师一直念给我们听的啊。我都记得的。"

"你说哪篇?"白莹问。

狄三尴尬地笑笑。"呵呵你这,我想,可能是《人不能低下高贵的头》吧。"话说到这里,他也觉得有点没意思了。许多旧年里不好的记忆,狄三以为自己早就抛掷到九霄云外,这会儿又都涌了上来。有一次他因为作弊差点拿不到学位,正坐在学校门口踢易拉罐撒气,觉得自己学错了专业,一步

伊丽莎白

错步步错，就收到了白莹的 Google talk。她祝他生日快乐。他没有回。他又不快乐，也不想过生日。他甚至有点厌恶她。他俩有点像的。讨厌她就仿佛讨厌自己。恨她能解恨似的。

如今狄三想过个生日时，白莹倒有好多年都没有祝他生日快乐了。哪怕在生日那天他特地给她的作品按赞，她也没有再祝福他。她可能真的没看见。她那么有名了。

还有一年，白莹被他的存在感刷到没办法，直愣愣地问他，"就真没人陪你过生日吗？你花点钱啊！"他又觉得她还有点在意他的，不然为什么要那么气呼呼的呢。

"是不是后来阿胖跟你说什么了？"狄三冷冷地问。

"他让我给她女儿起个名字。"白莹说。

"他也是这么对我说的。"狄三说。

白莹笑笑，"讲真的，我觉得你没必要那么恨他的。有的人天生就生得好，有点钱，也不忧虑。你嫉妒他也没用。如果嫉妒有用，你这些年在忙什么呢？你把真的喜欢你的人都折磨跑了，你一个人，开心吗？"

"你不也嫉妒梦伊吗？"狄三说。

"不，我不嫉妒她。是你希望我嫉妒她。她死了，你对着我们撒气，对着教室泼漆，你想让我难受，胜过你自己难受，你也想让阿胖难受。"

狄三不响。

白莹也没有多说什么。饭吃到这个份上，已经很没意思。但狄三的小伎俩还是如常，他安排了一个有玫瑰花瓣的甜品，和一首小提琴曲，服务生按部就班地为白莹上演着假的仪式。不知道事情已经没法回头。

在地铁站道别时，白莹突然说："你那时没必要给她老公写邮件的。你那个邮箱，我试出过密码。"她是好心，她是真的想道别。

密码是阿胖的生日。

白莹万万没想到，就在那个瞬间，狄三伟岸的身体一下环绕了上来。这巨大的温暖是久违的。就连"突然"也是那么久违。这久违的刹那，甚至能将白莹逼出热泪来。那已经在她身体中深深埋葬的渴望被又一次真真实实地触发了。他轻而易举就能将她数十年书写的理性镇压下去。她的理性果然是钝的、笨的、不可靠的。在那几近甜美的瞬间里，白莹仿佛看到了她那些书名，像破碎的内脏一样一点一点从她被螺旋桨绞断的身体里飘散出来，升腾起来。她还没有死去，但她在幻境中仿佛已经看到了自己的尸体，是那么轻盈、鲜艳、活生生又水淋淋。

"杀人真的好难。"白莹在一团难辨真假的湿吻中感到快要窒息，她突然想到。

"杀人真的不容易，怪不得每天都搜不到几个新闻啊……"

这都 …… 使不上力啊。什么破玩意儿。

白莹一点一点用力从包里抽出了一支神器。它应该是响起了报警声。

她还摸出了手机。

直到狄三终于抽搐着弹跳开。

直到已进入深度睡眠的阿胖的手机在黑暗中亮起：

"你好，确认你的朋友通过 app 发起了求助 …… 请问您这边能帮忙确认一下她的安全吗？"

免疫风暴

一

参加峰会那一天，刘彤心下茫然。这是她第一次参加医药行业的活动。经过主持人抑扬顿挫的介绍，她听到了一系列陌生的名字，包含希克劳、希爱力、拓咨、唯泽、艾乐明等所谓的"王牌产品"，背后隐藏了不少受苦的人。

刘彤受邀参与的病患分享项目，是一项有关脱发的药品，方才通过美国 FDA 批准，即将在中国投放临床。刘彤比其他患者更早一些得知这个消息，因为她已经患有匐行性斑秃两年。主治医师曾在 IgE 过敏测试报告的背面，写下了这款药品的名字，作为第二阶段激进治疗的方案选项。医师说，"我不太了解你的经济能力，但如果你愿意负担每月 2600 元的自费药，可以尝试自行购买。三个月保守治疗之后若没有效，你可以再来找我。"离开医院后，刘彤查阅了医师新发表的论文，觉得她说的并不是假话。上哪里去买药呢？她在小红书发了了药名，很快就有病友与她联络，问她使用效果如何。她说："我还没有吃过。"那人回复说："这个药在美国刚上市的时候一盒要7000块钱，现在已经降价到1300。可惜一断药就会复发。你有渠道买药吗？"

她至今都没有吃过。

她只是在邮箱里收到了一封奇怪的邀请函，这令她想到恐怖的"鱿鱼游戏"，象征着某种人生绝境，只有亲历者和监视者心知肚明。很难说是哪些措辞在冥冥中击中了她，甚至都不是斑秃或者脱发，而是类似"免疫风暴"、"新冠"与基础病这样的词。这令她想到自己以外的人，老人、病人，也让她想到钱与命、药与渠道之间的命运故事。在患病之前，她对这些事情唯一的了解来自电影《我不是药神》。如果一项药物可以同时治疗许多种类的疾病，那是不是意味着，它背后的症结是难以企及的黑洞，只能无限逼近，却永远受限于抵达。

> "杨医生问我有没有家族遗传，于是我回家问了我母亲。她哭着对我说，她没有脱发的经历。她和我父亲离婚时，我父亲还不到三十五岁，所以她也没有经历到我父亲开始脱发的中年……我母亲建议我去问我继母。可

我对母亲说，我继母可能也没有经历到，我父亲去世前他们就分居多年，她只在分割遗产时出现……反正我父亲过世时还很茂盛，他腋毛和腿毛都掉光了但头发还在。"

刘彤在台上娓娓道来，酒店宴会厅的镁光灯实在有些刺眼，但还是能看到台下有人笑了。第一排的听众亮堂堂的，他们整齐地坐着旁观他人的痛苦，这令刘彤感到自己是一名演员，或者是一匹赛马，再或者是一只试验老鼠。主持人问刘彤对这款药有什么建议，刘彤回答："希望能更明确地注明副作用，以及对备孕或老人的潜在伤害吧。"主持人立刻缓颊道："我们这款药品在临床上几乎没有太大的副作用，虽然在动物实验中我们也曾发现过静脉血栓的概率，我们都已注明。孕妇和老人当然要谨慎对待的。这可能也是我们举办这次会议的重要诉求，就是了解到病患真正的顾虑和想法。孕妇和老人会在意斑秃吗？"

"你要去问他们。也许我老了，我可以告诉你我是否还在意斑秃。"刘彤微笑着回答。

很多听众赞美刘彤乐观。作为女性病患，并不焦虑失去头发。其实这是假象，如果一个人有更巍峨的焦虑，失去头发又算什么呢？很多男人也没有头发，甚至让人想不起来他生前有多少头发。茶歇时刘彤零零星星听到，近来许多药都被炒出了高价，这家药企在美国的股价也从100多涨到了300多。疫情前，这款药一年都卖不出多少，如今已经卖空。脱发这部分反应在从前属于药物的超适应症，如今则被解锁了更多的功能，这是免疫学的复杂之处。她还听到，许多小说里写的"一夜白头"，并不是一夜间黑头发变白了，而只是一夜之间黑头发掉光了。这令免疫风暴变得像一个恐怖情人，他看得穿你，且不吝惜点破你的那点残忍，也正是因为他无赖，才令人因不甘而沉迷。

"你父亲的事，我很遗憾。"有位男士突然对刘彤挑起话题，"冒昧问一下，他是因病过世吗？"

"嗯。新冠阳后糖尿病并发症。"刘彤回答。她不太擅长与陌生人搭话。

"糖尿病也是我们未来应当关注的部分。虽然我目前只负责公司的皮肤科和内分泌条线，不过很感谢你的意见。我叫尹悦。很高兴认识你。"刘彤加了他微信，且把他分组在"不可见"。

"糖尿病人无法植发。所以我相信你说的是真的。你父亲没有这方面的遗传。"他又自恋地画蛇添足道。

"没人可以确定。或者我还要花时间去确定一下遗传的可能性。"刘彤淡淡地回应道。

"这是免疫风暴的一环，很不起眼的一环。你知道的，许多人只是看起来很平静。但她心里的结才是关键。只有她本人知道到底是什么事。也只有她自己真的想解决，药物才能真正起效。"

刘彤在回家的出租车上，把尹悦设置为"仅聊天"。

二

父亲离开以后，刘彤有充足的时间整理他的遗物，但她心里也没有底，从父亲往生那一刻，到距离她联系继母通知这件事，可以有多少拖延的空间。父亲在白肺80％的时候，给了她一张入院前写好的纸条，上面写着入户密码和银行卡密码。他没有留下更多的话，只是轻轻地握着她的手，留给她足够宽裕的时间将一切都充分准备好，再去寻找继母料理后事。

压根没有什么复杂的后事需要料理。

没有灵堂、没有追思会。父亲寄放在医院那天，刘彤去到他家，第一次没有人给她开门。只是去了，也不知该做什么，只能先收垃圾。烟头、烟灰缸、没有喝完的少许白酒，充满茶渍的茶杯。她越做事情越多，最后甚至用清洁剂，仔仔细细刷了一遍马桶和洗手台。在无法承接情绪的时候，刘彤习惯用家务搪塞一切。然而做完清洁，她突然发现，自己其实洗刷了父亲留在人间的诸多痕迹，就好像杀过人之后要掩饰现场一样。这种感受激起了刘彤心底的苦涩与心酸。窗外天也尽黑了。

她哭了一小会儿，尽管在心中她没有那么强烈的愿望要挽留父亲在人间。她只是觉得无力、难过，替他不值。再晚一些时，刘彤犹豫了一下要不要用父亲的手机代发讣告，类似于"父已往生"之类，最后还是没有发。

父亲家里有遗落的大量药物、针剂，都是他备着的续命补剂。五斗橱第一格抽屉里，还有他吃剩下两粒的一板布洛芬。那是刘彤夹在老鼠药里寄给父亲的，那时情况紧急，盛传快递员偷药，她只得想出这样的办法。父亲连老鼠药的盒子都没有丢，就和没有吃完的退烧药并排放在一起。他没问她为什么会有老鼠药。静默时他们也没有更多的联系。她委托认识的中学同学开车给父亲寄了两次菜——她是医院的麻醉师，有当时稀见的通行证。父亲回了一句"谢谢"，这就作罢了。以至于后来，刘彤所在楼栋因为无法下楼丢垃圾而老鼠肆虐，她没有跟任何人提起；她每天开关门都极其迅疾，以免有不速之客成为室友。其实亲眼在楼梯间看到老鼠的那一刻，刘彤就觉得不好。俗话说看到的是一只，其实已经肆虐。这是一场命运的风暴，只是不知会在哪一个点位开始起风。

　　父亲吃了刘彤的退烧药，但病情并没有控制好。尽管他一直将自己照顾得很好，冰箱和门锁都是新换的，茶壶茶杯也价格不菲。可以说，父亲直到生命最后一刻，其实都还认真准备着来日方长，并不像传统中国长辈那样提倡节约和受苦。他甚至没有多熬一天多领到那一个月的退休工资。他不在乎，其实刘彤也不在乎。不知从何时起，她的世界就像关掉了主灯的房间一样，只剩下零星灰暗的格栅灯余晖。刘彤用父亲的死亡证明开了丧假。事实上年前公司也没有太多复杂的事情要忙。无非是做表格，做展望，做年终总结。她没什么可展望，也没有任何有意义的事情可总结，最讨厌做表格。领导和同事给她发来慰问金，她也退回了。事实上没有人能真正安慰到她，他们也只是唏嘘，庆幸还好不是自己，还好不是自己的家人。

　　查看银行卡余额后，刘彤给继母发了信息。关于这件事，母亲是坚决反对的。母亲说，"他们不在一起那么久，她一心一意就在等他先走，好来处理遗产，你父亲是气不过的，所以才都交给你，你又何必老老实实去和她分？"刘彤把余额截图发给了继母，顺便也发了后事预算，包括墓地（单穴双穴，未来十年的管理费，回老家祠堂做法事的费用等）及扫墓交通预算等。半小时后，继母回应说，"房子呢？"

刘彤回："你来，我们谈谈。"

继母问："你在他那里吗？那我现在过来。"

刘彤于是等她，她猜想她是要来检阅父亲遗留之物，不知道她惦记着啥，烟灰缸、保健品、老鼠药还是……充满茶渍的茶杯。

他们有十五年没见了。十五年前，刘彤还没有成年的时候，她就似"刻板印象"的继母一样，做难吃的饭、说难听的话，但又擅长于捅一刀再给你泡杯热茶暖暖身子的伎俩。很奇怪她为什么愿意嫁给父亲这种人。更奇怪的是，父亲爱她胜过于爱母亲和刘彤。继母也曾当着父亲的面，送刘彤一盒她托人开到的阿昔洛韦（这并不难开，药房也就是十几块一盒），因为刘彤复发带状疱疹，拿着医药费单找父亲报销。继母说："你这根本不需要挂水，我去给你找点药，以后不必去医院看了。病毒这种东西，你越治疗，它反抗越凶猛。"她曾当过老家医院的护士长，那时为了嫁到上海，放弃了本职，只在郊县养老院做护理工作。那是继母送她唯一的礼物——一盒抗病毒药物——期许她以后不要再来要钱。其实她说的并没有大错。抗疱疹病毒药物虽然听起来很厉害，其实不吃，自限性疾病也会在一定周期内好转，而后在免疫系统脆弱时再度爆发。包括阿昔洛韦、伐昔洛韦、奥司他韦都是一样。

她看起来过得还不错，是身体打亮着主灯的神采。刘彤心想，她真不悲伤。

"我很久没看到他，你也知道的吧。他退休前，一出海就是八个月，我们本来相处不多。他退休后，我们就不好了，但我三个月肯定会来看他一次。今年情况不一样，来不了，不是我不想来。我打电话给他，他就骂我。后来我也就不来了。你也听说了吧。他两年前就换了锁，你看出来了是吗？我不知道你有没有密码，反正我是没有的。在这里我是不受欢迎的客人。至少他是这样认为的。你不要以为我是来抢东西，我只是来拿走我自己的东西。"她说。

"你也可以拿一些他的东西做纪念。衣服或者照片？如果你需要的话。"

"你头七没烧完吗？"她疑惑地问。

刘彤很不爽，也问："那你觉得我买双穴好，还是单穴好？"

她冷冷地回应："你说呢？"

"我是不会跟你去扫墓的。我们的婚姻早就死亡了。"她又补充道，"你不要怪我心狠，你爸也不好相处。你自己心里明白，也不用为难我。我们还是来商量一下房子的问题好吗？"

"秦阿姨，我爸爸四十岁到五十多的时候，秃吗？是雄秃还是斑秃？颞部有头发吗？枕骨呢？"刘彤终于问出了她最想问的问题。

三

因为分享会的成功，刘彤又收到了医药公司销售的信件，那位药代说了一些客气话，并且承诺可以以原价为她提供便利，还附上了三期临床试验的部分内容。三期研究纳入654例患者，共观察200周，最早在第八周就可观察到疗效。她也可能有机会成为那654分之一，只是不知道会不会是第八周就有转机的幸运儿。

尹悦约刘彤吃饭，他说可以提供内分泌科的相关帮助。

刘彤问："那桥本氏甲状腺炎你有药吗？"

尹悦说："你等我去了解一下。不过桥本和斑秃之间的关系也是存在的。你要注意抗炎，早点睡觉。"

刘彤说，"这两个月，我共做了四次龈下刮治，为了抗炎，把牙周炎都认真注意了。"

尹悦说，"那是对的。抗炎是抑制免疫风暴的第一步。"

刘彤于是又将他的微信挪回至分组可见，意味着他们也许在将来会有一顿饭的友谊。

这段新鲜日子，在一切看似恢复常态时，略显出别样的生机。唯有亲历过的人，才知道一切并不那么简单，总有一些失去是那么确凿、那么沉痛，但没人愿意提及，仿佛提及是一件扫兴的事。一时间不知从何处说起，倏忽又突然觉得并没有话可说。

秦阿姨决定起诉，刘彤很顺利就找到了律师。律师说，案子并不复杂。难点仅仅在于父亲曾写过两张遗嘱，一张在秦阿姨处，一张在刘彤处，两张遗嘱就房产分配的部分并不一致。但两张遗嘱都没有经过公证，也没有在第三方处留存。这很有意思，像极了父亲身上某种说不清楚的缺陷。他总是在迟疑，总是在两头骗。他像个小媳妇一样，夹在两个不好相处的女人中间，为自己挣一点虚构的主权。好在，秦阿姨并没有那么极端，她要求拿回遗嘱之一上承诺属于她的房产，她也没有怀疑刘彤手中的遗嘱是假的，她愿意等一个公正的判决，听听法官怎么看这样一个两头会做人的死者。她对刘彤说的最难听的话也不过是，"你身体不好，其实你父亲也不确定他是不是会活得比你长。"

刘彤并不算太生气，在这些情绪方面，她已是个皮实的中年人。她只想着那个时候父亲对自己那么自信，应该健康状况良好。她再次问继母："那我爸说那话的时候，他的发量是什么情况？"

继母没有回答。她是太阳能，且通体亮着主灯，ego 大得太阳系都装不下。她看不到灰暗的人探索基因编码的热忱，看不到促炎因子招募免疫细胞的神奇，也看不到免疫细胞和细胞因子过度侦测反应后，对自身造成的伤害。

这并不是坏事。

在强大的 ego 笼罩下，秦阿姨拿走留作纪念的父亲遗物，不过是茅台、戴森吸尘器、一些没开封的营养剂补剂和两箱电视购物推广过的"纪念币"。刘彤把父亲的相册和集币册摊在床上看她会不会要，她随手翻了一页相片，就合上了，又翻了一页集币本，是满是一分钱的那一页，看起来一文不值。秦阿姨于是对刘彤说，"这给你吧"，便合上拉杆箱，突然又想起了什么，去冰箱看了看，从冷冻室拿走了两条冻鳗鱼。她自以为精挑细选，给刘彤留下了一堆足够她怀念父亲的垃圾。

其实不然。

相册中的每一页照片，刘彤都认真查看过父亲的样貌。最宝贵的，是"珍河"号远洋货轮首航波士顿时的一张，显示那时父亲的头发是完整的，他和船友的合照显得疲惫不堪，但头发还在。这也意味着，父亲直到刘彤现在的年纪时，并没有脱发的苦恼。"珍河"号非常庞大，据说长275米，宽32.5米，能运载3800个集装箱（这是刘彤在手机上查到的）。

那时父亲在厨房间做事，举办庆祝宴会时，他杀了上百条鱼，有些鱼还怀孕了，这是父亲某次吹牛的时候说起的。照片的背后，父亲注记道："波士顿中学生乐队欢迎我们"。从中国到波士顿航行需要二十多天的时间，开辟了美国新英格兰地区的进出口贸易，这是父亲职业生涯中最光辉的一刻，杀鱼备菜到浑身瘫软在地，就这么直接在厨房间睡着了。那一觉睡出了他在酒桌上一生的谈资。他在达官贵人碰杯的背后，第一次看到美国中学生乐队、第一次参观波士顿大学、第一次被人推入不知道什么水中受了洗、第一次去赌场狂欢赢了钱。这些话，是父亲的酒话，继母一个字都不信，所以她不需要纪念谎言。刘彤相信一些，很少的一些，她觉得有意义。至少，她相信父亲真的在"珍河"号上工作过，就好像相信父亲临终前心里有过她。

刘彤认为秦阿姨拿走的所谓"纪念币"，都是电视上卖的智商税，但她没有提醒她。她比秦阿姨多爱一点父亲，当然也就知道父亲买它不过是为贫瘠的人生加一点虚荣的痕迹。他觉得真实的集币册太薄了，他一生所跑过的航线，走过的不同的国家，留下的不同的流通币，都装不满一本薄薄的集币册。退休之后，他开始购买别人做好的集币册，偷梁换柱，编排自己的回忆。那本被不再流通的人民币硬币滥竽充数的集币册，有一些是父亲活过的痕迹，真实的痕迹，还有一些则需要辨识。辨识虚荣、谎言，也辨识人的软弱、逞强。

调解失败之前，刘彤好心对继母说，"你好像也有一点秃。我认识重症康复科治疗雄秃的医生，他们有和美国医药上市公司合作，推出了一款全球首个、唯一获批脱发适应症的风湿免疫类产品。你需要我的帮助吗？"

她于是撩开了自己正在苗长的新头发，仿佛正在蜕蜕。

秦阿姨脸上的表情十分复杂，看起来她很克制内心难以言喻的愤懑。但她到底是个强人，有力又冷淡地说了一句："你也不要太难过了。你能伤害的也只有自己。看来我们谈不拢，还是看法官怎么判吧。"随后拿出了一顶帽子，离开了事务所。

四

父亲周年那一日，刘彤发了一个分组可见的朋友圈，晒出了父亲的集币册，配文为"爸爸"，表情为"蜡烛"。这很通俗，很能赢得虚幻又温煦的同情。

刘彤重新整理了航线，让那些父亲收集（或买来偷梁换柱）的硬币显得更真一点。时隔那么久，真的假的都不重要了。刘彤很感激继母没有拿走这一本。继母嫌弃地为刘彤和父亲留下了一个团圆的空间，让他们俩看起来像是一伙的。刘彤并不讨厌她，虽然也从来不曾接纳她。但免疫疾病会教给她许多人生道理，最重要的一则，就是带着症状生活。

鹿特丹、汉堡、伦敦、哥本哈根、圣彼得堡。

波士顿、魁北克。

仁川、横滨、上海、高雄、香港。

新加坡、马尼拉。

科伦坡、孟买、加尔各答。

希腊、意大利。

符拉迪沃斯托克、摩尔曼斯克。

看起来真像那么回事。

刘彤没有拍那几页用人民币分币填充的小格子。这时她更愿意站在父亲这一边，和他一起说说谎，包装起残缺黯淡的人生。朋友们甚至大都忘记了刘彤父亲是死于一场大型感冒，只觉得是糖尿病并发症骇人。甚至还有朋友小窗提醒她也要注意糖尿病早期症状，如果有过度口渴或者很想吃米饭的症状，最好去医院验一下血糖。

尹悦在组内。也许是他还记得刘彤"幽默"的演讲，也许是他确实想帮助她，他给她留言："分币真的少见了。有空约饭呀！"

见面时他又温馨地夸她："坦白说你今年的头发比去年多多了。"

"我确实已经好了。"刘彤答，"去年太苦了。我没有爸爸了，你也知道的。那可真不是一段好日子。"

"你爸爸是船业的吗？"尹悦问。

"三十岁之前我都说我爸是远洋公司大佬。"刘彤说，"我前男朋友都不知道真相。我说父亲掌舵开过中美首航的'珍河'号。我还说他负责过足球队参加甲A联赛。"

"你还是那么冷幽默。"尹悦笑道。

刘彤没有说谎，不过这都不重要了。有些话，就像是父亲集币册后的分币，坦坦荡荡滥竽充数。不深交的朋友，根本没有人会认真。反正，父亲是真的，死亡是真的，集币册也是真的，流通币都能使用，无论是自己收的，还是退休后从钱币市场换来的。每一颗硬币，都暗示着他到过那些地方。这是集币册营造的幻觉。像人生传奇，又像是阅历丰富。真相和想象力作比较，永远是苍白无聊的。人人都心知肚明这个道理，但更多的时候，说破它没有任何意义。

尹悦并没有拿出甲状腺病变的特效药，但他推荐了几位甲状腺疾病的主治医师。他们有的擅长中医，有的擅长营养疗法……刘彤一一记录了下来。但她深深地知道，没有一种药可以一劳永逸地保护她躲过免疫风暴。这些年，她越来越了解自己的身体、自己的缺陷、自己的危机。头发，只是很浅白的一种危机。没必要在乎它。更需要在乎的，是它背后的黑洞。

"对了，你确认过父亲的脱发历史了吗？"尹悦问。

"我继母说没有。她不讨厌我和恨我的时候都这么说。"刘彤答。

"那你真的就是心里有事。桥本氏甲状腺炎也是因为心里有事，睡不着。睡不着就会引发免疫问题。"

"你一点没变。说的话都差不多。"刘彤说，"人真是不会变。"

尹悦从包里拿出了几盒药品，有安神的，也有镇痛和抗病毒的。

他说："你有没有手腕痛、膝盖痛？"

她问："这也能遗传？"

他答："只有你自己真的想解决，药物才能真正起效。"

宿鸟记

一

　　在香港机场候机的时候，邹冉恍惚间产生了些许幻觉。就好像自己正置身于童年时曾倏尔经过的上海老北站。但那并不是故乡，而是跟人借来的远行原点，即将通往百万个异地他乡。

　　这一日注定有些不同。

　　出门时邹冉瞟了一眼家门口的报摊，国际新闻上赫然写着"疑似机翼残骸大致完整 MH 370 或变僵尸机滑入海"，此刻机场的电视新闻中正不经意地播放着中国最美的铁路线，没有声音。那仿佛是两个次元的地球信息，邹冉见到电视中的合福高铁、青藏铁路、拉日、成昆、湘黔、粤海、大丽、兰新，这些过于美丽的名词传递的似乎不仅是语言和地理的象征，更是久违的梦。童年的梦。像记忆中手执教鞭的小学教员一遍又一遍地告诉孩子们，"我们的祖国地大物博"。邹冉记得，青藏铁路刚盖好的那一年，她也曾无意间抬头看过类似的画面，火车如蛇身将绿色的土地切割开来，无声又象征着不可逆转的撕裂。那是她对内地生活最后的记忆。此时此地，她仿佛是一个香港人了，表面上，基本是一个新的香港人，却依然不知道如何为香港新闻纸上奇异的中文断句，是"MH370变僵尸机"，还是"变僵尸"，她有点迷惑，但这好像也不太重要，象征不了她和这座城市的缘分，几深？几浅？

真正的车站之景却更似邹冉眼前所看到的那样，未经过岁月的洗礼。总是密密麻麻陌生的旅人，飒爽地坐上了每一根他们所能跳上的横杆、桌台、窗沿。这种随意和落拓之举会令矜持的人莫名害怕，仿佛置身于梦的巢城。不远处的婴儿车里传来不明哀苦的阵阵啼哭，更是吵得人心烦意乱。那些婴孩的父母则在一旁手持奶瓶或者当日报纸，显得尤其木然，他们怅怅地看着滚动的电子屏幕发呆，满脸疲惫。无论是旅行、探亲，或是购物，所有的幸福在那一刻都被悉数冷却，每个人都怀揣私心，悦纳逃离的快捷方式。只想要回家。

然而"回家"似乎是穷人的产物，有钱人则能四海为家。附近有旅客举着报纸，注目的标题说着毒铅水杀入公屋，引起全城恐慌，人人变"阿愁"、"阿惊"。港大又有教授认为近三年的政治事件令到大学每况愈下，"不如返去搞毛霉菌好过"。在这些大小陌生人的身后，则站立着另一个更为奇异的世界，在那里，香奈儿才不再是香奈儿，古弛也不是古弛，那仿佛只是任何一个他乡闹市区商圈嵌入的班尼路、美特斯邦威或者佐丹奴。它的深渊里培植着宠溺、败坏的气息，惨遭人流涂炭的离岛，也再难恢复往日雅致并且乐观的生机。一再降格的世相照亮了旅人内心的黯然，像那位丧气的港大教授连说了十次"我有能力我有能力我有能力"。其实他没说实话，实话是他想说一百次的"我失望我失望我失望我失望"。邹冉是异乡人，香港并不是家，台湾网民问的"港有铅水何不禁东江水？"，她无法替港人回答。因为她自己可能就是"东江水"，所以她应该怎么优雅地回答？灾难迫使人变得清醒而自重，又迫使人无奈地与"香港人都有今日"的那个次元划清界限。每到这样的时候，身份证上的三粒星就显得格外黯淡，格外凄然。

细细想来，眼下也唯有香港最像个家。

成年以来，邹冉就没有演好一个好女儿、好恋人。她当得最好的，居然是一个好职员、好旅客、好异乡人，隐身于甚嚣尘上的"抢书读，争工做"，又因为日常的力量要远远胜过标语与口水中的"ANTI"。他们悄悄怀抱着"七年以后再看吧"的信念，就像少年时候怀抱着考上明星大学的愿望一样奋力坚忍。但，"七年"以后呢？据说今年，每一百个香港居民中，就有一个"港漂"。有时，报章上也会流露出颇为讥嘲的话语，将他们这样的内地漂浪者，称为"力争上游的精子"。她不是没听过诸如此类难听的话，也未必发自内心欣然接受。有人问她，"内地的电梯为什么会吃人？"她就笑笑说，"越讲越盏鬼，开工啦！"可叹几十亿人类本体，几人真正去过上游，甚至连看过都不曾。他们坚信脚下的每一步都可能是上游，可能而已，也未必是真的不知道。此刻，若不是因为航班突然的延宕，邹冉简直思索不出什么复杂的缘故令她禁不住地走神，也不用去深想人之为人为什么非要这样吃力地活上一场。比如香港人把这一季的台风叫做"断腰台"，很形象。邹冉的人生又何尝不是被命运"断腰"？同她一样的15.9万在港内地人又何尝不是一种集体的"断腰"？

飞机依然没有来。航班大延迟，于是令延迟本身有了一些形而上的意味。一望无际都是迟到的人，被耽误的一小段人生。邹冉大学本科第一年念的是哲学系，却没有好好念。她很早就想学会计，早点独立，赶紧赚钱。终于辅修经济，又申请了转系，心愿得偿，头也不回地告别了那可能是最接近生命真相的学科。可她一直记得，在那个热得冒烟的阶梯教室里，那一位西方哲学教授不断提醒他们"sein""desein""fursichsein"的区别，每一次他在烟圈里循循善诱地提问，"你们感受到没有？ 存在。"邹冉都在心里一口否决了。那时的她什么也感受不到，甚至觉得嘲讽。这种否决令她觉得自己始终诚实地、与地狱般的他人格格不入着。这一年的年初，邹冉听说那一位哲学教授因病不在了，同学辗转传来的噩耗。极其突然的，他因肝癌猝然离世，留下了一个自闭症的女儿。在读书的时候，邹冉就曾听说，老师也曾走过艰苦的童年，留学海外、成家立业，好不容易有了几日安稳，能够将所学致以所用授之予人，人生便速速凋零了。他教的最后一门课叫做"复杂现代性"，但邹冉已经听不懂这是什么。他于是就这样不被真正理解的、与这个残酷的世界了却瓜葛。

在香港，认为人的生命是否有意义，和识别生命是否可以忍受苦难是同一件事。十年来香港人活得那么辛苦，自杀率却持续下降。二十一岁时的邹冉并不知道，自己即将随母亲来到这样一座励志又艰困的小岛上生活到底意味着什么。过完这个夏天，邹冉刚好三十岁。当十岁、二十岁匆匆而过，她终于将自己变成了一个看似更完整、更独立的人。然而只有她自己最清楚，命运本身并没有什么真正的改观。她与母亲的距离日益遥远，父亲更是很久没有见过。她将所有的爱投注于一些飘摇的对象，也将自己的下班时间看似合理地分配恰好。

这是邹冉今年第三次去台湾看男友，刚巧遇上大延误。

等她到台北的时候，男友应该已经起床去上班了。他与她确认过航班延迟的讯息之后，就自己睡去了。然而这并不要紧。邹冉默默对自己说，此番过后，若是他还不开口求婚，她就要放弃了。梦想之地变成伤心地，反正她也不是第一次经历。于是，"碧蓝的天空比灰霾的天空更加令人忧伤"。那位不幸病逝的哲学老师曾在课上说道，"灰霾的天空是一座令人不作他想的坟墓。碧蓝的天空却提供了我们缺乏勇气去拥有的希望。"

二

直到深夜，邹冉才终于抵达台北，疲惫不堪。听说，那之后香港飞台北的航班就全部停飞了，就连松山、桃园机场都顺应天气原因关闭了。两座岛屿正严阵以待、静候超强台风的莅临。也许是足够好运，在这样的警戒讯息之下，邹冉还能漂洋过海悄然抵达目的地。没有关密舱门后的等待，没有遇上任何乱流颠簸，也没有取消行程，像那些远方还滞留在"中央车站"的无数旅人一样，焦虑地等候着关于何时才能起飞的音讯。

正因旅途平静得令人难以置信，眼下就只剩下闷热。邹冉甚至说不清楚，到底是天气闷，还是她心里闷。

但或许，他总有要紧的事要忙吧，谁不是呢。

到达桃园机场以后，邹冉熟练地换卡连上了台湾门号，这已经是第十次，她急切地发 Line 给男友佑仁报平安。

"亲爱的大仁，我到咯！"她掷去一系列故作轻松的可爱表情。

佑仁则瞬时丢回来一系列亲密的图案说："真的吗，那真的很顺利欸，听说今天大延误。你辛苦啦，好好休息，我们明天见。"

邹冉于是也回："好呀，明天见。"

那之后，世界便死寂得好像被龙卷风洗劫过。此刻的她只是希望自己能尽量在风凶雨恶之前赶到酒店，早早结束这场孤独的夜晚。那时，整个台北城已经一片漆黑，等待也在漆黑中现出了坟墓般的荒凉之感。

"苏迪勒"在香港叫"苏迪罗"，这个怪兽台风对香港的影响不是风雨而是酷热，以至于香港迎来了一百三十年以来最热的立秋。她觉得自己就是一个容器，翻译着内地与香港，也翻译着香港与台湾。关于风，台湾人则远没有那么冷峻，直接称之为"胖台"。取完行李后走出机场大厅，出租车队大排长龙，人流如潮。邹冉排了一个多小时的队，才终于搭上

"小黄"，几近精疲力竭。时间已经那么晚了，司机却没有丝毫倦意，甚至很善意地询问她，"妹妹来台湾出差啊？辛苦喔。来几天呢？要包车吗？可惜台风天都不容易玩呢。"她于是淡淡回答，"嗯是呀"。这就一路无话，只听得到风声。昏暗的灯光照见副驾驶座椅背上的话剧广告，那一场叫做"同学会"的忆当年话剧，目测会很感人。邹冉已经很久没有参加过同学会了，离开内地八年多来，邹冉不怎么知道曾经的同学都去了哪儿。又看了一眼演出时间，她知道这一次自己的假期是赶不上了，稍微有些遗憾。为避免困倦，出租车司机开启了广播。轻轻的，邹冉依稀听说，那一日，有五百个学生聚集在教育部门口抗议，学生中有一个人自杀身亡，引发众怒，抗议已逾二十二小时，他们说，教育部长是杀人凶手。另有一位学生，在现场辱骂殴打父母，母亲说他一定"着了魔"，因为"儿子以前对任何事都充满兴趣，喜欢阅读，也很有爱心，自从参加了这个活动，就变了。像一个小红卫兵"。但他的同学表示，"觉醒这种事很奇妙，有时候通了就通了。"

"夭寿啊。"司机轻轻说。

第二天早晨，邹冉看到电视新闻中山川塌方、路树横陈，就连机场停驶的飞机都被狂风吹得一踉一踉，心下略有些侥幸。原来在她停留于私人灾难的那段时间里，居然躲过了那么大一场风灾，平安无事，感谢上帝。新闻台依旧提醒民众减少出门活动，台北多处居民区停水。窗外雨仍在下，邹冉的手机却并没有新讯息的提醒。她有些丧气，可来都来了，再吵闹可不是办法。她忍不住打电话给佑仁，问他今天是不是要去补习班上课时，佑仁却平静地说，"当然没有啊，今天我们都放假了。从前台湾的台风假都是骗人的，说好的台风都不来。这次好像真的有超大台风来欸，超恐怖的，你昨天有听到吗？所以你现在在哪儿呢？今天要看电影吗？搞不好还要排队呢！哈哈哈。"

邹冉心头一紧，一时间说不出话来。他昨天为什么不找她？今天为什么还是不找她？这可真是一个天问，日日夜夜缠绕着邹冉的内心，令她觉得自己是可笑的，比在香港时还要可笑。佑仁好像从来不会对要见她这件事有一点点的迫不及待，或一点点的超越常情的担心。

三年来，邹冉独自来台北看佑仁不下十次了，但对台北，她几乎没有留下任何实地实景的印象。真实的台北对她来说就是佑仁一个人。而难得的度假，便是难得的和佑仁一起的早餐、午餐和晚餐。邹冉很喜欢这些"难得"，胜过她童年里的那些快要被忘记殆尽的"难得"，与香港生活中几乎难觅的"难得"。更糟糕的是，佑仁的出现令邹冉在香港的生活越来越显得惨淡，邹冉几乎觉得自己是一个没有灵魂的人，为了一点点小事都会很不冷静。她也许只是想念他，连同她的该死的"港漂"身份一起，建构了不大不小却影响生活的期盼。即使在他们初相识、最要好的那段日子里，佑仁也是以台湾人惯有的"彬彬有礼"的面貌出现的。在对邹冉的嘘寒问暖中，他的身上充满了熟练应对大场面的亲切与温馨。邹冉原来以为，那会是一个难得的优点，尤其与香港或大陆的男生相比，佑仁简直温柔得有些娘炮。可时间久了，这一切就变得有些怪怪的。他的优点变成她最大的困扰。而这种困扰，又因为并没什么坏处而显得无可指责。

他们在旅途上结识，通过 E-mail 建立了最初的友情。两人分别从硕士班毕业以后，邹冉开始在香港辛苦地工作。佑仁则是 gap 了一年，申请了一项去欧洲的游学计划。归来以后，佑仁在台湾一间著名的补习班教书，但并不算投入太多精神。他家境良好，不需要赚更多钱也能衣食无忧，教书只是兴趣，更像是打发时间的方式。况且他完全不希望被占据太多的个人时间，他善于区隔工作与闲暇，甚至在这两者之间，更亲近于闲暇，他也不愿意过度改变生活的惯性。可他的私人时间实在太过神秘，在邹冉看来，分明几乎是被大方浪掷的，却不知何故看起来井井有条。无论是用大陆的眼光，还是用香港的眼光，佑仁都显得有些胸无大志。但邹冉就是批评不起来，或者，从心里，她为这种生活方式所着迷。更因为在香港，几乎没有人敢这样生活，这样的生活就意味着"手停口停"，意味着老无所依。

　　三年以来，邹冉从来不知道佑仁在她最繁忙的日子里都在做些什么。他从来不说，她也没有精力问。在空闲下来以后，邹冉会不假思索飞去台北看他。每一次，佑仁见到她都挺高兴。因为工作性质特殊，佑仁只在别人休息时分工作，譬如晚上或是周末。大白天时，他就能带她去自己常去的咖啡馆、电影院，告诉她老板是一个怎样有趣的文艺青年。时间久了，邹冉大致知道佑仁喜欢什么、爱在哪一家平价餐厅用餐、不会错过哪一家小店上新、只在哪家电影院看早场电影。度假的日子，每一日都像他们早就在台北开始了日常起居一般。他们吃完早午餐就去看看展览，而后去光点华山看场电影，傍晚则去爬个山。晚上佑仁有时要去上课，邹冉就在附近的咖啡厅等他，夜里两人再跑去延吉街吃夜宵。佑仁没有带她去过垦丁、没有让她看到太平洋、爬过阳明山，可对于邹冉来说，那好像也没有什么遗憾。佑仁将她带上过时光中蜿蜒细致的小径，在漫长而优美的虚度中，邹冉也曾忘情地放松过绷紧太久的神经。无奈那一切都是短暂的、虚幻的。纵情地逸乐不过是进步强制中令人心惊胆寒的叹息。当她有些爱上这种生活的时候，她开始在意佑仁的种种表现。一年前，佑仁也来过香港一次，那是邹冉在香港的八年里最开心的一段日子，虽然短暂，却十分难忘。佑仁每天白天到处闲逛，晚来就会去金钟接她下班。随后两人去日料店吃上一碗面、喝上一杯啤酒就快十点钟了。甜蜜是争分夺秒换来的珍惜，可走走路也像吃了糖。往日的夜晚十点钟对于邹冉来说是那么灰暗的时间，那时因为有佑仁在身边却闪烁着耀眼的光。

想起来，爱情这样的事随着年纪的增长真是越来越抽象了。邹冉甚至丧失了某种少女时的知觉，能大摇大摆走进男人的心，捕捉到蛛丝马迹，足证她如今这样的等待是有意义的，至少是有希望的。佑仁却什么也不说。他依然看起来很喜欢她，见到她很高兴，陪伴她也不感觉厌烦。这种高兴并没有因为时间流逝而褪色一分。可除此以外，他什么也没有说。他们甜美温馨的日子过得好像蚊香一般平静乏味，如果生命得以永恒，他们或者会永远这样静静地燃烧下去、旋转下去。并没有发生任何不好的事，也没有任何人打算变卦。没有进展就是最安然的进展，没有结果就是平稳的结果。但对邹冉来说，这一切都美好得太不真实，太过缓慢了，作为电影也一定令人昏昏欲睡。

下午时分，雨看似小了一些。佑仁从从容容到了酒店。开门时邹冉首先看到了一束白色玫瑰。心里的阴霾骤然散去了一半。

"大风大雨的，你哪里找来的花？"邹冉问。

"家里拿的。是不是很美。"佑仁开心地回答。

而后他们拥抱、亲吻，就像无数次搬演的重逢戏码，毫无意外地重复上演。邹冉心乱如麻。她明明知道接下来和他会发生什么，这种发生又在力图搪塞些什么。她一点都没有忘记前夜滂沱大雨中的哀凉，她一个人在路上饮雪止渴，一点都没有忘记三年以来心中埋藏的苦涩。她想起自己在候机厅中暗暗立誓，无论如何这是最后一次了，她不能再这样混乱下去、迷惘下去。她三十岁了，她不再是十年前那个懵懵懂懂、又壮志凌云的内地生、新移民，她只是一个普通的女人，努力工作、害怕衰老、渴望家庭。她需要佑仁的一些决心。可那一刻，当她想要推开佑仁时，却十分乏力。身体的诚实令她感到羞愧，羞愧又悲伤。而他似乎也感觉到她想要抽身，但很快就将这薄弱的意志击垮。整间屋子里回荡着细微、恭顺的声响。他们于是终于妥协，像缠绕的蛇，裹挟着思念、怨恨，甜蜜混淆着苦涩，誓要在这陌生之地吞噬对方，又害怕承担吞噬过后无尽的、琐碎的责任，显得小心翼翼、进退维谷。

"那我们以后怎么办呢？"激情过后，邹冉冷不防问。"你有没有哪怕稍微想一想。你也三十岁了欸。"

"嗯。"佑仁哼哼了一小声。"真的，好快。"

"我爸爸一直希望我能去新加坡，和我叔叔一起做事，"佑仁回答，"但我并不想去。我想留在台湾。"

"那我呢？"邹冉问。

佑仁沉默了好一会儿。

"可是，现在不好吗？你不开心吗？"他问。

"不好。你呢？"

"可能也不是好吧。"佑仁答。

"可也不是不好，对吗？"邹冉问。

邹冉心下略有丧气，但这种丧气却比之前的压抑好过多了。许多时候爱无力解决的事，性的确是暂时搪塞的好方法。其实邹冉稍微有点明白，这或许就是所谓人与人之间的巨大差别。她和佑仁是完全不一样的人，即使在过去几年中相与甚好，没有什么特别的矛盾。但要坚持走下去，却需要耗费越来越多莫名其妙的热情与意志力。他们有不一样的体感，不一样的时间知觉，这原本是奇异的相逢，如今却是难以逾越的重山。

我的"好"已经不再是你的"好"了。我的"不好"是你的"也不是不好"。对佑仁来说，邹冉可能位于"也不是好""也不是不好"之间，是挺辽阔的伴侣象征，也许时间可以弥合这种游移，也许他们可以毫无意义地对峙下去，直到永远。在邹冉痛彻心扉的无奈面前，佑仁挺真诚地承认了这一切，在他的思维模式里，显然无法挤下邹冉的心意。关于这一切，邹冉并不是太难过。她甚至在心里已经想好，往后一定要像一个香港人一样对他，用一副很厉害的"合则来、不合则散"的商业表情，去对待睡在身旁这个她曾经深深爱过的男人。"无情"的表情她太熟悉了，在日常里看过无数次，"无情"添上毫无耐心，那就是港岛的专业姿仪。她不需要太费力的调度，稍微演一演，应当也不会很吃力。邹冉仿佛已经忘记了昨天自己那么不想成为香港人时的那种勇气，也忘记了自己曾经略有把握地以为，这最后一次来台湾看他、爱护他的结果会与想象中稍微有些不同。他追风而来，虽不及时，可到底也是来了。

"那下一次，一定要找一个香港人了。"邹冉若有所思。好像整副身心已经走到了"下一次"的门槛。然而这才是这场旅行的第一天。她和佑仁躺在雪白的床上，窗外正下着大雨，听不见声响。看看树叶才能知道，烈风的呼啸尚未真正离去。就像运气不好的爱情，滞留在两人之间，是个鲜艳的废弃物。邹冉静静想了一小会儿，想到许多从前的事，从前的期待，心里很惆怅。转头看佑仁时，却发现他居然已经睡着了。

他到底有没有心呢？邹冉不敢确定。要是早个十年，回到大学里，邹冉一定是愿意和他一起再走走看看的，完全不必要这么着急。邹冉也舍不得破坏如此浪漫的气氛，为什么不能让甜蜜从容地飘荡一会儿。邹冉想到大学，就不禁想到那个恍如隔世的自己，她似乎也被香港，更确切地说是命运催逼成了一个令人讨厌的样貌，不自觉地思考野心与策略、害怕错失良机，工作如此，感情亦如此。她还是很喜欢佑仁，喜欢他的天真、明媚，也喜欢他不作为亦不会有问题的人生，更喜欢他的生活样态，喜欢他的命运。她曾以为接近他，就能获得相似的生活的运气。她现在知道自己错了。

"要不要跟他求婚呢？"虽然很荒唐，不然"要不要跟他分手呢？"邹冉徘徊在两个极端中，目眩神驰。

三

再度告别台北，邹冉灰心丧气。回程班机起飞的时候乘客寥寥，意外的准点也令邹冉再度感到失望。台风过后，先前被淤积在旅途上的乘客早被疏散，怨声也被彻底清扫，显得格外清净。客舱里只听得见几位陆客聊天的声音，并不吵闹，他们聊起了这几日买了什么东西，去了哪些地方。"台湾没什么意思的，小地方。也没什么可以买。"他们说得兴致勃勃，巨细靡遗。邹冉于是瞟了一眼他们满满当当的行李架，暗地里有些羡慕。这是她第一次对观光客感到羡慕。

二〇一五年过后，有越来越多的香港人打算移居台湾。其实，如果佑仁主动邀请她，她也许会想要去到那里，试试看"沙丁鱼罐头"之外的人生。事与愿违，这一次，佑仁还是什么话也没有对她说。佑仁开车送她到桃园机场一路都畅通无阻，毫无停歇的意思，仿佛是命定的沉默。邹冉总是来得艰难，走得容易，这或许也是命运交给他们两人爱情的判决书。邹冉心下怅惘，但一时间什么话也说不出来，往后恐怕也没有机会再说什么。

三年光阴，白驹过隙。

在台北的这一周里，佑仁带着邹冉去到他曾经念过的小学、中学走了一遍。他告诉她自己曾经在哪一个篮球架下打球，放学又吃过哪一家店的吉士蛋糕。他告诉她自己曾经喜欢过的那一个女生，最后早早结婚，现在已经是孩子的妈妈。

"我以前很喜欢写诗。"佑仁说道，"你会写诗吗？"

邹冉摇摇头。她实在不懂要如何在自己的生活里、生命里辟出一个空间来写诗。

"我喜欢一个诗人叫乔林。他有一首诗就说这样的事。一座小镇过去／再一座小镇／一个黄昏过去／再一个黄昏……"

对话在此停止似乎顺理成章，邹冉也是这么认为。她欲言又止，总是手捧一个未来想要佑仁马上伸出手来接住。后来证明，她的沉默确有道理。回到香港以后，邹冉去查阅了这首看起来还蛮无聊的诗。诗的名字叫做《流浪》，后半部分是："何处有门扉 / 宿鸟一声比一声急促 / 遥远的长路 / 变短路"。诗人本身没有经历战争动乱，也没有饱尝过什么大流浪生涯，但却真正为了生活，为了工作，十多年来都始终流浪在"家"以外……邹冉想，佑仁好像是在说她，又好像不是。他实在是她遇过的、这个世界上最懂得她的人了。

"你有信仰吗？"佑仁突然问她，"因为我们家族每周都会去教会，你在香港会去教会吗？"

邹冉没有回答。也不知从何回答起，本该说到很久以前，从内地出身的环境开始说起，但这又有什么意义呢。飞机重重地起飞以后，邹冉闭上眼睛静静地放空，想想到家是不是还有些吃的可以打发晚餐。再或许，路边也可以走走，烧腊、粥面、东南亚菜，都是深夜至深的慰藉。她想给在珠海的母亲打个电话，但想想而已，就当是打过了。可不知为何，只要想到妈妈，邹冉心里还是酸楚得很。她甚至不明白，母亲为何要将她带来香港。她自己好像过得也不太好。她们两人就这样飘飘荡荡，也不知什么时候能回到家乡、在一起吃上一餐温暖的团圆饭。

终于到家了。这种熟悉的感觉一再发生，则让台北越来越遥不可及。新闻在报轮候公屋单位人数又创新高，越来越多人愿意接受"凶宅"。无惧"凶宅"只因为普通人生活困难更加吓人。有位妇人冷静对镜头说，"因为我同我老公都系一只鬼。"邹冉越想越好笑，觉得这是一首诗，一首属于香港的诗。香港的诗可不是一个黄昏过去再一个黄昏，香港的相濡以沫难道不可以是"因为我同我老公都系一只鬼"？

基督教是不是不作兴说这种事？佛教里的鬼有好有坏，不都是魔鬼。是因缘而偷生的可怜的生物，像不像香港人。伍迪·艾伦托一位妇人演员在口水电影里说，"犹太教如果有来世的话，一定可以吸引到更多年轻人。"佑仁要是愿意和她一道做鬼，也不失为一种爱的颂歌。邹冉心中幽怨，虽然知道这样想很不道德，却又感受到一种久违的痛快。

"然而整个身体等于整张嘴的河床／却愈来愈为之淤塞／只能／重复着／淌着一种流声。"那位诗人还写道。

四

邹冉回香港当天，佑仁在桃园机场接到家里的电话，父亲打来说，佑仁的母亲忽然病了，让他赶紧把车开回荣总。一听说佑仁人还在桃园，他父亲的语气就变得十分不好，他最近总是这样，每天在家里看不到佑仁就焦虑得要命。父亲甚至在教会拜托教友们牵线，希望佑仁能认识一个信仰、家庭背景都相合的女生谈恋爱。而这样的事，佑仁父亲从前都是不过问的。

　　佑仁赶回天母时，发现荣总花园里的行道树已经倒得乱七八糟，候车厅都被掀去了顶盖，天色阴沉得令人心碎。荣总与振兴医院遥遥相望，分明是辽阔的地域、雅致的风物，这会儿看来却格外蛮荒。佑仁从小在这附近长大，还是第一次看到医院这么狼藉的一面。看来台风的威力不容小觑。台北已经很久没有经历这么大的灾难了，但更骇人的是，"苏迪勒"风球早已飞去了福建，整个台北城却依然满目疮痍。也难怪新闻台责难政府防灾不利，赈灾又无能。听说柯市长台风天当日在家里吃团圆饭、夫人发了脸书自曝其短、最后迫于舆论压力关闭平台。"教育部长"吴思华也许打从心底感谢这场浩大的"苏迪勒"风球挽救了他的台风假，也终于将炒烂的新闻热点掉转了方向。

　　父亲神色严肃地问他，"你就打算在补习班工作一辈子吗？"

　　"不然呢？"佑仁笑嘻嘻地回答。"还是您要破产了啊爸爸？千万不要啊。我们还要去日本玩欸！"

　　父亲听见他这样说，深深地叹了一口气。

　　"佑仁，你赶紧去考个公立学校也好啊。"父亲又劝说道，"前两年你师范大学毕业的时候，我们就希望你去个正经学校教书。"

"爸，补习班上班怎么就不正经了。您以前不也把我送去补习班上课吗？"佑仁继续娓娓道来，全然没有将父亲的严肃放在心上。

"那不一样。你都那么大了，每天就知道晃来晃去，也不知道到底在干些什么。又不肯结婚、白天又不工作。我和妈妈很为你担心你知道吗？"

"所以您真的要破产了吗？"佑仁又问。"其实我还有点积蓄，可以给你和妈妈一些的啦，如果你们每天能少吃一餐的话……"

父亲听他这么插科打诨简直烦透了。他总是长不大，又像是没有心，想要跟他好好沟通，说上一小会儿就觉得累。想到这里，父亲摆摆手示意佑仁赶紧走开，眼不见为净。可待佑仁活蹦乱跳地离开时，父亲又叫住他，说，"你这是还要出门啊？外面风雨那么大，路桥都封起来了，你脑袋是有事吗？"

"对啊。约了朋友一起玩。"佑仁说，"台风天，当然要泛舟啰！"这是一句网络红人的名言。他才不管父亲有没有听过。

"不许出门！你今天要是敢出去，就永远不要回来了。"父亲不知看了哪部长寿剧触景生情，莫名其妙地爆发了。

"喔。好吧。"佑仁回答。"那明天呢？台风天结束我总可以出去泛舟了吧，拜托，不要担心啦。"

父亲白了他一眼。

"那个，您桌上的花我可以拿走吗？看起来超美的欸，爸爸你真会选。超厉害的。不然我不教书，开个花店好了。你觉得呢？"佑仁没心没肺的，顺走了父亲桌上的白色玫瑰。后来，佑仁把这束花拿给了邹冉，她看上去也十分喜欢。所以，花原本是要给妈妈的吗？

佑仁的母亲得的是子宫颈癌，幸好发现尚早。佑仁父亲认识不少好医生，所以她很快就能够积极地接受治疗。或者，他们这一次日本是去不成了，还免不了手术及化疗之苦。听说两个月前，母亲就察觉身体不适，父亲也知道母亲就医的状况，这才心情不好、特地教训了佑仁。见到母亲时，佑仁很自责。但一时语塞，他只能默默地扶着母亲。如果母亲真的会死，佑仁一定受不了。母亲最宠爱他，天天当他是金城武，这个世界上大概再也没有人会这么瞎了。佑仁想到这里，突然觉得好难过，反过来，还要母亲来安慰他，"佑仁晚上还要上班吧，妈妈不要紧。你去工作好了。晚上早点回家，不要太累。"心情沮丧的时候，佑仁会想到一些诗。如正在行程的台风、海藻聚生的海面、喘息的紫色流云、哭泣的闪电，那些文字能给予他关于世界的想象，与安慰。

从小到大，佑仁几乎从未操心过家里的事，如今突然要操心起来，竟毫无头绪。他甚至从未想过自己会失去母亲，失去任何一个他所爱的人。

　　这次是邹冉今年第三次来台北看他，很甜蜜。

　　佑仁心里很高兴。在台北的这一周，他们每天都一起出街、吃饭、做爱。佑仁晚上下班后，邹冉就来接他。两个人像大学时代当工读生的样子，你等我、我等你，吃不完的奶茶蛋糕，逛不累的巷弄洞天。但与前几次的欢笑不尽相同，这一次邹冉显得心事重重。她就和突然变化的父亲一样，没有了往日那么轻松。佑仁故意开的玩笑，她也表现冷淡。她甚至不停追问佑仁以后要怎么办。这让"以后"听起来特别迫在眉睫。

　　邹冉和佑仁曾经交往过的每一个女朋友都不一样。她能给的爱，好像也不一样。邹冉的爱沾染着太多莫名其妙的哀婉，所有的愁绪都是全身心式的，偶尔也会令人难以招架。但除此之外，邹冉各方面都挺好的。勤奋、积极、幽默、谦卑，逆来顺受、凡事都写在脸上。佑仁看见她，仿佛能看见母亲那一辈的女人。她只要远远地站在那里，他就能见到一个水田里的、海边的、工厂的"查某人"，她们被装载进了一个年轻的、遥远的身体里，散发着不为人所注意的生命强力，那是专属于女性的趋光能力。她几近虔诚地信奉这一件事，那就是"手停口停"。这真是太奇怪了。她明明从来没有"停"歇过一分一秒，可她信奉的准绳不让她松懈哪怕一分钟。佑仁觉得母亲也是这样的人。希望她能平安度过这意外的灾祸。

晚间时分，佑仁给邹冉写了一封信。几次写了一长段，最后又删去。这反反复复删改的过程中，佑仁忽然十分想念她。这种想念快要把那个嬉笑落魄的自己吃掉了。

"我爱你。"他写道。兢兢地点击了"发送"。

五

"杜鹃"台风"又胖又结实"地来袭那天，佑仁家里没有预兆地停了水。佑仁没法煮咖啡，对工人发了小脾气。父亲还跟他开玩笑说，"你去泛舟吧。你去泛舟啊！台风天你怎么不去泛舟，别待在家里乱生气。妈妈都没说不方便。你有什么不方便的。"佑仁被父亲说得下不来台，才知道一家人到底是一家人。

"那么嫌弃我们家，你找个太太就好啦。"父亲开玩笑地说。佑仁于是斗胆问父亲，"那您介意我找大陆人吗？"父亲反倒是被他噎到，转身回书房休息了好一会儿，才出来认认真真跟他说，"佑仁啊，只要信仰一致，我们不反对。"特别可爱。

"原来你一直在担心这个啊？"父亲自言自语道。

佑仁微笑地给了父亲一个大拥抱。在他看来，邹冉这种状况，应该算是"也没有不一致"吧，总还有试试看的余地，那就没有什么可担心的。佑仁不知道邹冉想不想结婚，想怎么结婚。她想不想来台湾呢。她花了那么多努力做这份工作，收入也比他高很多，要她放弃，她会不会难过。可如果去香港，佑仁又能做些什么呢？他不愿意去新加坡，却要去香港，父母会怎么想。在内心深处，他也不怎么想去香港，因为除了鸳鸯和牛腩，他可是完全没有喜欢过香港，在街口每个人都那么气势汹汹、西装革履，好像每分钟都是大迟到，这太可怕了。他倒是对香港的山很感兴趣，有机会可以去仔仔细细玩一下。

佑仁从小性格就慢吞吞，在幼儿园总会被老师嫌弃。别的小朋友都已经睡午觉了，他还在看风景吃午餐。他喜欢在熟悉的环境里拖拖沓沓、懒懒散散，对许多事都没有尝试的兴趣。高中时父亲要送他去美国，他婉拒了。大学时父亲要他去英国念硕士班，他也婉拒了。毕业后，他没有遂父亲的意思随家人去新加坡工作，而是兴高采烈地去当了一个只需要教书、不需要负责学生前途命运、日常教养的补习班老师。

好几个女朋友都是因此才离开他的，她们哭闹、吵嚷、说着和父亲一模一样的话，"你那么聪明为什么不去考一间公立学校呢？"以及，"我也不是一定要你去明星学校，只要是正正经经的学校都可以啊。""正正经经"，佑仁最反感这个词。这样的话，邹冉一次也没对他说过，他因此而好喜欢她。

在收到那则讯息后邹冉几乎是没有任何犹豫就从事务所辞职了，全部的感伤、执拗都在她见到笑盈盈的佑仁那一刻悉数化为灰烬。佑仁同样不费吹灰之力就将这相恋三年的女朋友转换为未婚妻。原以为她会生气，佑仁还战战兢兢，结果发现她并不真的生气。一听说他来了香港，邹冉就回复说，"要不要我来机场接你。"所以佑仁只是随意在街边的花店买了一小束玫瑰花，就轻车熟路去邹冉的事务所楼下等她下班。那之前，他还转去巷子里优哉游哉喝了一杯冻鸳鸯。

邹冉原以为这一段恋情已经告吹，回到香港以后，她十分本分地进入了一个失恋女人该有的精神状态，命令自己专心工作才有资格吐血，而后周末就杀去百货公司血拼。为了能减少在家里伤心的时间，她还报名了马拉松的运动社团。跑了一次，就被自己三十岁的体能击败了，这令她十分难过，比失恋还要心酸。直至收到那封"我爱你"，才令邹冉悲喜交加。她觉得眼前这个人终于回心转意了，在度过了几个神秘的日日夜夜之后，他是那么可疑，终于想起舍不得她，他的反射弧那么长，简直令人疯狂。恋爱三年以来，佑仁第二次来香港看她。纵使再怀疑，邹冉也想将这个难得的"第二次"过完，于是她很快与佑仁联络，下班居然见到他就站在楼下。

高考以来，邹冉的人生就没有这天顺心如意过。第一时间，邹冉就想告诉妈妈"终于有人要娶我啦"。更重要的是，她终于可以理直气壮地摆脱香港了。那种感觉就好像是，挣脱了"家"的束缚，而这个"家"本来就只有她一个人。

"那个，威水是什么意思啊？"佑仁问邹冉。"我刚刚听见有人这么说我们欸！"

"威水就是好！ 棒棒的！ 也可能是讽刺，哇呜威风死了你。"邹冉兴高采烈回答。"对了，你怎么会突然改变主意的啊？"

"改变什么主意？"佑仁问。

"不跟我分手了呀。"邹冉一脸疑惑。

"我们什么时候分手了啊。"佑仁这下吃了一惊。"所以上一次你回香港我们分手了喔，怪不得你都对我很冷淡呢。"

邹冉太惊讶了，简直一头雾水，但转念一想，又好害怕佑仁说出，"我们什么时候在一起过"这样更麻烦的话来，于是瞬间改口说，"欸算了算了。我还要辞职、退房，搬家。告诉爸爸妈妈，再和你回家。你不用担心钱，我都有呢。"她说得滔滔不绝。这些事佑仁一件都没有仔细想过。

她好像结好几次婚了呢，这么有想法。但佑仁想想而已，没敢说出口。

"那个，你能跟我们家信上帝吗？"他只挑了最重要一件事问。

"行行，信什么都行。"邹冉回答。

佑仁于是笑了，那之后邹冉说的话他全没听见。两人一路走入夕阳。

"宿鸟一声比一声急促／遥远的长路／变短路。"

可这么狭小的岛屿，它到底急着要飞去哪。

蕉鹿记

一

　　那天我清晨就起床，开始陪母亲梳化妆点。前一夜我没有去扰她，她也不来问我。我们就这样隔着一道墙，夜晚显得有些过于漫长。半夜两点的时候，她起夜上了一次厕所。我也并没有真正睡着。

　　早晨见她穿了一件我给她买的浅蓝色克什米尔大衣，擦了一点豆沙色的口红，她佯装镇定，其实我看得出来她有些紧张。

　　大衣可以两穿，她穿了烟灰色那一面，翻领才露出浅蓝色。我对她说，你还是反过来穿比较好看，显得比较年轻。她很惊讶地问我，"真的吗？"却很麻利地换了一面。又问我："这样好吗？"

　　"都好"。其实我随便说说，她听后却有些惘然。

在她的年纪，样貌并不算显老，却也不显后生。一切都寻常得要命，好不好其实全赖精神气。而精神气，她显然是挺好的。

父亲过世以后，很令我意外的是，母亲并没有我以为的那样难过。她十分平静地适应着本应不怎么适应的日常，似乎也没有丝毫要孤独终老的决心。我当然知道她这样并没有什么错，但不知为何总觉得特别感伤。

记得父亲合眼前，母亲对他说，"老李啊，你再亲亲我好哇？"于是自己把脸贴到父亲嘴边。父亲的嘴唇一直在颤抖，不知是不是真的听见了。但他们都没有流眼泪。看到父亲血压数字嘀嘀嘀往下掉，无可挽回，我倒哭成了泪人，脑海中席卷过他一生的碎片。我想，我好多年都没法忘记父亲最后几秒在世时的情形了。因为这一幕令我想到，他的生命也许并不是像断电一样突然终止的，而是一种颇有速率的诀别，十分摧心的舍不得，又无可奈何。我知道，这个世界上最懂得我的人没了。只剩下好多需要我去懂得的人。多到刺眼。

父亲的大殓也办得十分寻常，可能是我太爱他的缘故，这样的寻常虽然说不出什么错，却让我觉得不适。我母亲甚至还穿得挺体面。在一片兵荒马乱中，她挤出时间来给自己做了一套新衣服，烫了新的头发，问我要了优惠卡。火化时，我看到电梯反光镜里的自己，站在她身边，简直像个帮佣。

许多人走到母亲身边安慰她，说父亲在世时待人慈悲，去了天堂一定会得永福，听这些话，我的心都能挤出很深一坛酸水来。其实他们更应该安慰的人是我，因为显然，我母亲并没有那么难过。她甚至有一点如释重负，我看得出来，她早就做好了面对这些安慰的准备，因而流利地说了很多场面话，类似于"我会好好的"，或者"他走得很平静，最好不过了"诸如此类。但那样的话我一句也说不出来。母亲一直很得体、很优雅。在哀伤的音乐声中十分平静地读完了她那份悼词，父亲的生平宛如简历一般从她的唇齿间掠过，显得是个活得没有什么遗憾的人。

在那份悼词里，也基本看不到她的一生。我甚至看不透她出于什么缘故愿意生下我。在我心里，母亲一直是一个活得山青水绿的女人。虽不那么自私，但自我显然是极大的，我羡慕她。父亲在世时，他们并不是那么般配。父亲走在母亲身边，像我和母亲站在一起时说不清哪里怪，我们跟着她，都显得有些掉队。但生活里，他们两人看起来就和普通的老夫老妻无异。

那时，我一周回家吃两次饭，他们会特意一起出门为我买菜，会有小小纠纷，又小小讲和，我听过算过，挺温暖。我还想，母亲真是比我走运，年轻时代能遇到父亲这样的老实人，共此一生，算没有吃上苦。几次我都说要给他们办一个结婚纪念，母亲很期待，但父亲都拒绝了。父亲说，开心给别人看都是假的。他说得挺对。但婚姻好不好这件事，到底是个永恒不破的谜语。

父亲走后，母亲常让我感到我从未了解过她。即使我们有那么相像的神态，有那么契合的生活习惯。我不太问她。那些要紧的事，她也不太烦我。我们彼此尊重得像外国人一样。我甚至怕下一次见到她时，她会踮起脚在我脸颊亲吻一下。我怕母亲孤单，就提出搬去和母亲一起住。母亲没有反对。其实是我比较需要她，哪怕她未必是我最想日夜相处的人。她将父亲的遗物都放在了我原来的房间。她自己则依然睡在他们的床上。一晃也两年了。

一年前，卧室突然添了佛台，母亲每日会给父亲上炷香。

二

天还有些微凉，虽然已经立春了。我是在那个节气之后生的。母亲说，过了我的生日，天才会真正热起来。这使得她这身衣服显得格外适宜得体。父亲走后，母亲反而白胖了些，她参加了社区大学的几次旅行活动，学会了发朋友圈，也渐渐累积了新生活的情趣，故而终于又能撑起这样粉嫩的色彩，好像什么事也没有真正发生。我为她开心。

上我车的时候，她有些紧张，居然坐在了后排。我犹豫要不要请她坐到副驾驶座，但想想也无妨。后来才知道，她也许想与我隔开一段距离。我想起来差不多十年以前，我刚考完驾照时，她还曾兴高采烈说，"以后妈妈可以一直坐在你旁边啦！"

"你很开心吧？"我不知是问她，还是问自己。

"哎哟你不要开小差，好好开车，不要取笑妈妈。"

我觉得她害羞的样子挺可爱。其实我很久没见过她这样的表情。

严格意义上来说，是从没有见过。

到饭店的时候，我问她："蒋先生到了没有？"她居然认认真真地问我："你说的是哪个蒋先生？"我心下略有些好笑，脱口而出："什么哪一个，还不都一样啊。"

母亲好像受到了一点惊吓，沉默了，又忽然说，"对不起，琛琛，妈妈不好，让你为难了。"

"你说什么啊？我又没说什么咯。"

其实我也觉得自己有点不太好，脾气不好。只是我的驾车技术，尚不足以在兜兜转转寻找车位的途中还能与她聊上一个如此复杂的天。我透过后视镜看她，有时看来车。她不知从何角度可以看到我，于是我们之间的顾盼显得有些隔阂。我知道她有点紧张，又有一点期待，甚至害怕失望。很久以前我要去见某些人时，也曾是这样的。

"你还会想爸爸吗？"其实我特别想问她，以及，"你们是什么时候联系上的呢？"……但最终，我还是吞下了这样尴尬的问题。在此时此刻，好像所有普通的问题都会显得分外不合时宜。

饭店是蒋先生的儿子找的。比我想象的要喧闹。天花板上都是契丹样式的图案，复古又显得缭乱。我想他特别找这样声势的地方，理当是与我一样觉得今天的饭局最好不要太安静、太典雅，以至于我们可能都会没话讲。外部的喧闹能为我们的尴尬布置起礼貌的伪饰。

我们俩初次见面，特为握了握手。他们俩明明是认识的，反而杵在原地，一句话也不说。我们都知道他们紧张。

"我叫蒋翼。这是我父亲蒋时青。"他友好地说道。

"我叫李琛。这是我母亲曹幸芳。"我说道。

于是我们各扶着一位老人进了包间，很好的视野，很松散的座位，我们简直像一家人一样，久别重逢。我母亲略有些恋恋不舍地脱去外衣，里面那件薄绒衫，还是父亲在世时我送她的礼物，我父亲也有一件。他若在天有灵，看到这样的画面，不知道会不会为我们开心。

听母亲说，蒋先生的夫人若干年前车祸脑死亡之后，就一直养在家里。近来情况不太妙，是不是会走，总是较前两年有希望。蒋翼愿意陪他父亲来和我们见面，我开始以为到底也是有心肠的人，将心比心。我父亲毕竟走了，他母亲还在世呢。我母亲却好像对此毫不在意。她的阅历足以吞下这些问题，所有这些敏感的事，她都用碗碟声搪塞过去。也许她是对的，反正与她无关的事，她一概不操心。不操心，人生也许才有云开月明的契机。

老年人重逢到底和少年人不同，他们就好像已经私下见过很多次一样，甚至完全没有问对方"这么多年你好吗"。我们只是有一搭没一搭地聊天，他们还说起从前一起上学的事。"老弄堂都拆掉了呀，但那也没什么可惜"，我母亲说。她一点也不想念那里，我并不意外，我不知道她到底在想念什么。蒋先生却说，他现在做梦还能记得脚踏车铃声划过的清晨。我母亲与蒋先生，其实从未真正在一起过，也许曾经还是努力过的。母亲插队那会儿，蒋先生还去看望她许多次。我母亲结婚以后，还收过他不少信。但细节我完全不清楚。

"你知道吗，我爸爸还不好意思直接跟我讲这事，是让我太太跟我讲的。他想见见阿姨。其实直接跟我讲也没有什么，我很开通的。他一个人也苦了这么多年。没什么对不起我妈的。经济方面，我也都可以的。只是我常常在国外，照顾不到爸爸妈妈。"

一旁，蒋先生一脸严肃，没有接话头。我母亲也没有说什么。我更没话可说。讲实话我没有在我母亲和蒋先生脸上看到两人有生活在一起的可能，但事实上，我们坐下来，仿佛就昭示着我们都认同了这样的意图。

母亲后来告诉我，蒋太太也不是他原配，不是蒋翼的亲妈。

"蒋先生应该是希望我能照顾他们俩。"我母亲说。

"哪个蒋先生？"我问，自己也笑了。

"你想好了吗？"回来后我问母亲。

"这样的事想不好的。怎么想都要看运气。但你不要害怕。我们未必会结婚，只是搭个伴。我没有那么天真。"她把大衣熨烫好，收起了熨烫板，摘下了老花眼镜。

晚上，蒋翼就将我们吃饭的照片传给我，拍得很不错。

这是我们四人第一次见面，为了他们三人。

后来我们有了越来越多的合照，晒在朋友圈里，大家都夸老人好福气。好在，我和母亲没什么共同好友。这样尴尬的评论，我也不常看见。

三

母亲和蒋先生第一次单独旅行，去了苏州。蒋翼给他们叫了专车。那之前，我和蒋翼分别带他们玩了七宝和嵊泗。

我们俩都忙，他们俩一来一去也熟悉了。我陆续听母亲说起蒋太太插管的现状，才知道这世界上居然有那么多人，仅仅是留着一口气，苦熬阳寿未尽。

有段日子我常出差，便不太住家里。突然回去，从没见过蒋先生。但我知道他来过。我一看父亲的遗像，就知道他有没有来过。于是给父亲上炷香，想在心里跟他说说话。可惜闭上眼睛的时候，什么话也说不出来。偶尔在家洗澡时，捂着毛巾眼睛就热了，整个人都瘫软下来，好像遇到了什么不好的事。但我知道，我并没有我以为的那么不高兴。

股票好的时候，母亲甚至问我想不想再买一个房子，家里都那么旧了，我住着也不舒服。又劝我其实可以再找个人，离过婚也无妨，最好没有孩子，万一有其实也没什么，人好就可以。她说，"一辈子那么长，妈妈陪不了你太久。"

我拉着她的手，就像小时候一样，特别希望她收回这些话，但她却没有像小时候那样摸摸我的头，把我搂在怀里说，"妈妈永远都会跟你在一起。"然而在这个世界上，最疼我的人好像只有她了。我又不在乎什么新房子。

翌年过年，我和母亲、蒋先生、蒋翼一家三口在一起吃饭，这是我们第一次大团圆。蒋翼说，"医院有规定，不能强行拔管，中国目前就是这样。不过又接到病危通知，医生说不会等太久，也许半年吧。"仿佛宣布什么好消息。蒋翼总是能将最关键的话开诚布公，早早先通知一番，随后再进行派对。但这并未影响我们团圆饭的和乐气氛。

我们家原本人丁并不兴旺，父亲过世以后，我已经很久没有见到这样老中青三代同堂的局面，所以我母亲也挺高兴，一直笑一直笑。蒋翼的女儿很漂亮，他太太做网购，两人是大学同学。毕业就携手创业，开始是卖女装，从淘宝进货卖去E-BAY，现在又做亲子装，在网上也算红人，生意红红火火。

小女孩常常爬到蒋翼身上，踩着他的膝盖就像踩着台阶，展开拥抱的双手环住蒋翼的脖子，而后又用小小的双手在他脸上滑来滑去。蒋翼想要排除干扰和我们说上几句吉祥话都有困难，却显得格外温柔。让我想到自己，想到童年。

有一刹那我觉得蒋翼甚至比我要幸福得多。即使他好像也做出了一个挺艰难的决定，有许多尴尬的细节需要适应调整，毕竟这样的事，我们谁都没有经验。但我们在一起相聚的时间毕竟变得多了。开网店非常忙碌，蒋翼太太常常要顾店而迟到，蒋先生对她颇有微词，觉得她就知道赚钱，也不教育小孩。我母亲就劝他，儿孙自有儿孙福。有时我出差，他们俩就自己吃饭。有时我想回家吃饭，他们又出去玩了。再后来，我若有酒店可以报账，其实不再每天都回家。我也有些适应了现实，适应了我有一个"蒋先生""蒋翼"一样的亲眷。适应了我有一个素未谋面，却主宰着我和母亲未来命运的女性，她也活得很辛苦，甚至不能自己选择去死。

有时蒋家有些什么琐事，蒋翼会传微信叫我帮忙。好几次我载蒋先生去医院检查身体，他有些蛋白尿。他和我母亲坐在后排，我右边则是空的。我也习惯了。然后我会去市场买一些水果，把他们送回家。偶尔想上去看看爸爸，又觉得算了，我既没有话，也没有脸见爸爸，就目送他们俩走。有时还真想生个自己的孩子，转移一下注意力。然而我的孩子一出生可能就要叫蒋先生外公，我心下觉得讽刺，便不再多想了。

然而这些年我并不是没有遇到合适的机会，并不是没有遇到合适的人。但我常常怀疑自己是不是真的适合婚姻、适合家庭。我的父亲母亲，就好像一个极美的画框容纳着完美的画像，它瞬间崩塌之后，我实在需要一些时间来收拾碎片。就仿佛过往的每一帧画面都足以将我刺伤，又需要我亲手重建真相。

四

故而，当听说蒋先生猝逝的时候，我们所有人都崩溃了。

他死于心肌梗死，对老年人来说也不算什么。他本来就有心脏病，一直靠药物稳定着，还以为蛋白尿的问题比较严重。

最悲痛的居然是我母亲。她哭得死去活来，自责睡在他身边却不知他痛苦到把胸口抠到血印斑斑。她没有烫头发，没有做新衣服，只是穿着我给她买的、他们重逢时她穿过的克什米尔蓝灰大衣。她穿了灰色那一面。

我很久没见她那么悲伤。其实是从未见过。这令我不禁又想到我可怜的父亲。

蒋翼读悼词的时候，我发现他太太和女儿并没有来。或许他们的问题，比我们当时目及的还要严重一点点。后来听说，蒋翼太太认为让小女儿过早参加葬礼会造成心灵的压抑。于是我、我母亲两个不会有心灵压抑的人，傻傻地伫立在蒋先生的老同事、老朋友队伍里。

也有人问我们是谁，也有人答，"是蒋先生的女朋友和她女儿。"

这真是离谱。离谱又悲伤。

很难说我对蒋先生一家没有建立真正的感情。有一度，我甚至以为，蒋先生未来会和我母亲葬在一起。他们会携手走完并不完满的人生路。而蒋翼的继母，说好的早晚要走，居然也一直没走。她携着腔子里的一口气，等到了最后，等出了一个对她相对公平的结果。人算不如天算。

又住回母亲家时，我每天都能看到父亲了。却比之前更没有话想要对他说。夜里我常常听到母亲哭泣，但白天她又跟个正常人一样，看看股票，听听滑稽戏。她比以前更期待我回家，总是等我吃饭，令我好像回到青春期。我有时觉得她是爱我的，有时又觉得她只是寂寞、羞愧、惘然。我甚至有一点怀念我们俩和蒋先生一家在一起团团圆圆的几次饭局。有些怀念契丹图案的餐厅天顶，有些怀念背靠人来人往的喧闹。

蒋先生走后一年，蒋翼发了微信给我。我们有很久没有联络，他也很久没有更新朋友圈。他说，"我继母走了。"我说，"节哀。"他说，"如果是继母的话，我更喜欢曹阿姨。"我说，"谢谢。"

那是我们最后一次联络。其实若不是父母的缘故，也许我们会成为挺好的朋友。在我们还很相熟的那几年中，我并没有在蒋翼身上找到任何我讨厌的部分。但现在想起他，想起蒋先生，想起母亲、父亲，不知为何，心上总有涟漪。

度

桥

一

有一日我正在困意中打发漫长的下午，母亲突然推开了我的房门。她总是这样没有礼貌又心血来潮，手里还捧着几只大盒子。有蓝色的曲奇盒、红色的喜饼盒，还有一个起码有三十岁高龄的黑色八音盒。我一直梦想能有个巨大的工作台，最好能有裁缝用的那么大，以至于我不会被这三个突如其来的盒子占去百分之八十五的工作空间。母亲对我的陈年心愿置若罔闻，她经常在我拥塞的房间里落下一些匪夷所思的东西，比方叫我的柏崎星奈趴在她过期的绵羊油上，或者让我的达斯维达剑指地上的哑铃……然后，再提醒我可以去打扫房间了。我发现了几次，但很快就习惯了。

这会儿母亲又自顾自在说，"从前你外婆做人做得好，她送我的东西呢，桩桩件件，都给我看过很多遍了，看过以后还不算，还要我背一遍出来，这样她往生以后，我就不会遗漏。家里头要是被盗了啊，着火了啊，也知道自己的损失到底是什么，不然警察问起来怎么办呢，你能说得清楚吗？现在我也要这么来教教你，你可不要嫌我烦啊……"

我知道，最近两年开始，母亲没再指望我这辈子能做成什么大事了，这真是令人惊讶，她居然是这一两年才将我当做普通人，而不是超人、天才、大学问家。另一方面，她也不再关心我到底在做些什么。她好像以前也曾关心过的，问我"你那个什么表情研究……国家真的会给你钱吗，妈妈为你骄傲，妈妈又深深为你担心"。总之，我做梦都能听到她痛心地抱怨我花了她那么多钱却天天在家里枯坐，这样下去我晚年会变卖家产以至于百年孤独。如今她倒是很少抱怨这方面的事了，仿佛是失望了，她的失望表现为一种彻底的"不提"，这对她而言不失为一种解脱，我觉得她开心了不少，至少表面上是这样。尤其是经过了那么多乱七八糟的事情以后，她还是该烫头烫头，该做衣服做衣服，挺好的。我一直懒得和她细讲我真正的想法，时间久了却变成真的无话可说。女人总是过于忧心忡忡，未雨绸缪，但我发现，大部分时候她的说法都是对的。女性擅长用直接的情感经验来强势地消灭男性从书上得来的二手知识，还总是在不经意间。

"我正在忙，妈妈。"

"谁不知道你在忙啊，你都忙了十好几年了，不都没什么像样的事可做，妈妈就抽出你忙碌的发呆时间，一会儿会儿，给你个机会好好当个乖儿子嘛。你小的时候不要太喜欢缠着我喔，妈妈长、妈妈短，一发育了就不行了，理都不理我。其实你是个很可爱的孩子，三十五岁了你看还是一样很有童心……"她这样开导我，又突然补了一枪，"对了，刚圆通的小弟弟也问起你了，问你怎么老不上班。你看，你不要总是抱怨这个世界很冷漠，圆通的、顺丰的、韵达的……他们都很关心你的。"

我什么时候抱怨世界冷漠了。我心想。

"那你是怎么回答的呢？"我问。

"我怎么敢回答啦，那不是在你头上动土……喔，对了，其实你也可以关心一下植发的事情。我上次在电视里看到一个生发产品啊，真的很好的，有一个上海台很有名很有名的主持人，我平时也没有觉得他头发很多的样子，但是在那个节目里他头发真的很多的……就是因为你这个毛病，我看过很多顶假发，我的姐妹们也介绍我看假发，反正那个主持人那一顶要是真的是做出来的，也是做得蛮考究的，不晓得他是在哪里做的，我也想给你做一顶定制的……"

"妈，你要给我看什么？"我只好打断她。

"也没有什么，你认识这个盒子吗？"

那还是我父亲生前给母亲买的八音盒。我虽然不至于不认得，却也懒得去回答她认不认得。小八音盒拧上发条会有一个穿得很少的女孩子踮着脚旋转跳跃不停歇，现在弄坏了，就只是一个分了层的黑盒子，像飞机失事时候人家会找的那种东西。八音盒嘛，本来是年轻女孩子拿来存放发卡、牛奶糖的地方，大人用来储物实在显得笨重，但母亲似乎并不介意，她有时候很珍爱这个八音盒，那毕竟是她的前半生。但这种珍爱很不可靠，她时不时地又带着攻击性，这种攻击性令人怀疑她惯常扮演心平气和时的用心良苦。比如快递问起她"你先生呢？"她就响亮地说，"死了"。快递又问"你儿子怎么老不工作？"她就问，"你怎么那么年轻就工作？你几岁？"

　　"十四。"我听见，吓了一跳。

　　"你们那个苏北老板还真是黑心……多大的孩子都敢招来做工，旧社会哦，当心我举报他。"

　　那孩子就悻悻然走了，那种悻悻然的表情对我来说也是久违了，是少年的标志。他踩着电瓶车的声音很古典，让我想到大学里的自己，两只轮胎带一只热水瓶就能够风驰电掣的好日子，一去不回。

　　十四岁的时候，我在干什么呢？真是很梦幻的年纪啊，斜阳里散乱的红领巾，饥肠辘辘的黄昏，潮唧唧的汗衫内裤，年轻的日子真是富裕得能拧出回南天捂嗦的水汽来。我外婆过世十多年了，其实父亲也是。但我始终不觉得他们离开，因为母亲每天都会说起他们。说起他们的往事（主要都是些糟糕事），然后以"就这么死了"作结，残酷又匆忙，像他们真正离开时的样子。残酷的事被越说越寡淡，是母亲的一种生活智慧。而我知道时移世变，我和母亲的悲伤和埋怨逐渐真正变质，这却不是费尽心机来实现的。当下母亲更痛心的是，父亲的突然离去，令她的置产大业搁置了。房价暴涨，她的千万富翁之梦葬送于父亲的疾病中。她一定已经不像从前那么难过了，偶尔说起我们本来应该住在这里或者那里，也只是随口说一说。她甚至会提及父亲所葬的墓穴价格，已从两万暴涨到了二十八万。

"我本来不想跟他葬在一起的，你也知道的。"母亲说，"我是为了给你减轻负担呀。谁知道死得早也有这样的好处。我以后就算再嫁人，也要和你爸爸埋在一起，你知道不知道啊？当妈妈的心，总是最宝贝儿子的。"我就谢谢她，再抱抱她，她似乎很吃这一套，所以又说，"其实房子太大我也打扫不动，你又不打扫。"所以她惋惜的究竟是那个爱错的人，还是那段错过的机遇，还是我们可能拥有的另一种生活境况……这也很难说吧。

母亲把她手里那三件宝结结实实地塞在她的床底，突然又拿出来透透气，不知道是突然感应到了些什么。我猜那堆盒子里也无非就是一些存簿、美金、手表之类的东西。家庭妇女热爱把最重要的东西放在袜子里、信封里、黑灰色圆筒的胶卷盒子里，存放的时候还要特为箍好橡皮筋、包上报纸，以为这样是最不显眼的，这真是奇怪，有谁会把垃圾包得如此严实呢？

"你很多事情都不懂的，我犹豫来犹豫去，还是把要到期的存折写了你的名字。你不要到时候傻，又白送给别人知道吗？那可是我的钱，我的钱！你赚过一分钱没？你自己心里有数噢。"我觉得她真的过于思虑。

但我并不讨厌我的母亲，因为她从来都是这样，乐观又充满苦衷、深情又爱撂狠话。她是个好母亲，手把手教我许多生活技能。尤其是我过了三十岁以后，她更加勤力地训练我择菜、洗衣服、清洁马桶、整理家务。有个大冬天，她特地买了荠菜摊在桌上叫我拣选，她则在一边幸灾乐祸地刷股票。我拣得死去活来，腿酸手凉，母亲就笑嘻嘻地说，"当妈不容易吧，以后可要长脑子，大冬天千万别买这种菜，去了黄叶吧，还要择头，择了头还有泥沙，冲泥沙的时候也不能用热水。妈妈看你这辈子也请不起保姆了，往后等妈妈死了，你一个人傻不溜秋天寒地冻买了难择的菜，越择越冷，越冷越想我……是不是，我们要杜绝这种傻事发生。记住，菠菜是小型的荠菜。对了，毛豆也别买。剥起来可烦人了，尤其是遇到瘪掉的毛豆，顶顶讨厌，吃起来没肉，丢掉又舍不得。我小时候最讨厌你外公叫我剥毛豆，最后一点点我都是放在口袋里拿出去丢掉的。"

"我不爱吃毛豆啊。"我回答。

"所以我没买啊，不然费老大劲让你剥完了谁吃？我又不是法西斯。总之谁上你家来要吃都别买，听到了吗？要吃出去吃！"

我只得吞下我的惊讶。

我猜想母亲正在把她的身后事，分配到日日夜夜、岁岁年年里叮嘱着我。这事虽然想起来很心酸，但真真切切发生着的时候，却又令人觉得还好。今年母亲六十六了，看起来像五十六，但我每次说她看起来哪有七十岁的时候，她都暴跳如雷。我第一次知道什么叫做向死而生、快乐地活着，就是从她身上看到的，她实在是我最喜欢的女人之一。她反反复复说"你有没有在听啊"的时候，我会想起我的前妻。她健康的时候，也是差不多的唠叨、戏剧化、又井井有条。

"你到底有没有在听啊？"母亲突然提高了声音，像是一种发病的前兆。

我于是关闭了浏览器，母亲则开始耐心地讲解她的收藏。有袁大头银圆若干，黄金方戒三只，她自己的钻戒、项链、翡翠戒指、猫儿眼……总而言之没有一件是我感兴趣的。她导览着，忽然又停下来，打开一张夹在小包装袋里的小纸条，或者一封卷起来绑上橡皮筋的信件。那时候她就沉默了，眯着眼睛仔仔细细读完、又将它们恢复原状。我想这也许是父亲写的信，或者首饰的认证书之类。我的抽屉里也有一些这样的东西。有天我刚好找东西，看到夹在陈年笔记本里的一张小纸条，是父亲叫我写的保证书。"保证不再购买对学习无益的玩具，直到考上大学"。我那时不知道，那居然是我人生里最优渥的一段好日子。

我母亲那个三十多岁的八音盒里，从我十八岁以后就没添置过新东西，想起来真令人心酸。虽然我也曾犹豫过在写真集和首饰之间，选择一个更能令家庭幸福的东西当做给母亲的礼物。但最后，我还是买了一本逢泽莉娜。就是这样，许多事都没有理由，我也说不清楚究竟是什么样的力量令我做出这样的选择。我很爱我的母亲，但我选择买了写真。那本写真，我也只打开过一次。

"所以说，你记住了吗？"我母亲突然从她的次元问起，我恍如隔世。"以后妈妈不在了，这一家一当就是你管理了噢！"

我点点头，还拉了拉她的手。这是我所能想到的最好的绝招，省略用语言来表达我的情绪。母亲果然偃旗息鼓，她只是……摸了摸我的头，似乎是有些哽咽，又似乎只是流眼泪，转身就把这些东西抱回去了。她的背影看上去有一点奇怪，我很想把她拨正一点，她脊柱前倾，总像要摔倒。我曾经亲手拨过很多次女孩子，让她们看起来挺拔一些，或者诱人一些，但我实在不知道要怎么去拨一名母亲。

"对了，你音箱上的那个小姑娘，衣服总是掉下来，你是不是买了盗版的了？"母亲翩然而去，撂下一句狠话，带走了我的一个上午。

"我下午要出门噢！"我对她说。

"去哪儿？"

"去找阿平。"我回答。

二

我和阿平算是一个社区的邻居。小时候我们常常一起上学，一起放学。我们的履历像彼此抄袭，直至上了同一所大学，他念了计算机专业，我则念了社会学。大学里我们经年累月坐在教室的最后一排打游戏，上课打完了，就回宿舍继续打，没日没夜地。阿平照顾我，会帮我早起刷晨跑卡，打发军理课点卯，或替我做高数作业。有几门考试，我完全靠他给我准备的小抄才得以过关，他脑子比我好，只是没有从事学术研究，大学一毕业就工作了，所以境况要远远好于我。我有时通宵打游戏，睡到下午才起床，起身到水房刷牙，看到镜子里面他的背影，会冷不防以为是看到了自己。毕竟我们的身高一样，又在一起买衣服，一起买鞋，一起打篮球，喝酒，买玩具，买写真集。我去他家，他来我家，从没有想象中的障碍，直到他结婚，我们才略微疏淡些⋯⋯我觉得像阿平这样的人是不可能结婚的，虽然我也结过，所以才知道他大概不应该。这样照镜子般的好日子一去不返，人生是单打独斗，住得再近也无法同舟共济。

阿平对我的好还远不止这些。我父亲刚过世的时候，阿平就一直在我身边陪伴我。接到噩耗，我俩正窝在一起打游戏。那会儿我还年纪小，因为太年轻而显得过于冷静，我并不知道未来迎接我的会是什么命运。我很惊讶地看到阿平也在一边抹眼泪，隔着厚厚的眼镜镜片，我不知道他在难过些什么。他第一次正正经经地见到我的父亲时，我父亲就是半具尸体。阿平也许是被吓到了，像我一样恐惧。我母亲在一边哭，一边骂我父亲，一边还拽着我，母亲似乎想要我做些什么合适的举动，让父亲最后能看上一眼，这实在令我尴尬。我是不是该马上保证考上名牌大学，还是娶一位四个字名字的漂亮女明星？我的脑子很乱，在当时，我反而更期待医生护士们围着父亲忙碌起来，这样我能更加自在些。

凌晨父亲过身后，我对母亲说，"爸爸好像没穿袜子。"母亲一愣，说"那你快去买啊！"我逃脱般地下了楼，到处找杂货店。找不到杂货店，我奔跑着穿了两条马路，周遭一片漆黑，像未来一样缄默。红绿灯晶莹透亮，像一种启迪，又像警示，我这才觉得鼻头有点酸。远远地，我看到了阿平的身影。他应该是追着我跑了出来，却没有跑到我的跟前。他像一个影子一样紧跟着我的失魂落魄，战战兢兢不敢跟我说什么要紧的话。

"回家拿吧。"他后来对我说。

现如今，关于父亲的事，我的记忆都越来越模糊，但那一小时买袜子的事却历历在目。除此之外，我很难跳脱"命运"这个词来单纯地看待父亲的离开。父亲裹挟着关于我人生的种种更美好的可能性，消失在这个宇宙深处，至少在我母亲看来，我们本不该过眼下这种生活。而这一切都是父亲害的。

丧礼那天，阿平像北方人一样围着很厚的围巾，显得头特别小，只需要一点点黏土就能固定住。灵车开走的时候，下起了一点小雨，于是车子被人拦住了一小会儿，后又开走。这个停顿像一种微弱的召唤，或者犹豫，让我有时间的余裕，很仔细地记住父亲庞大的身体最终被裹成那么小一条。我记得海量的花瓣、扇子、劣质的纸所做的各种假的东西，把父亲装点成一个花痴般的模样，他干瘪的躯干轻轻沉到了棺木底部，身上则盖着颜色缤纷的废物。母亲在一旁焦心地催促我，快去跟父亲道别、永别。在她哭哭啼啼的劝阻下，我兢兢地把双手插进了口袋。我当时若已成年，或者可以出去抽一根烟，打发焦躁。但我肢体僵硬，只是把双手插进口袋，什么话也说不出来。阿平在距离我一拳的地方，做了和我一样的动作。我和父亲的缘分不过短短十六年，如今我们分别的时间已经超过了我们相处的日子。我和阿平认识的时间反而比较长了。总之，那之后，阿平就对我更好了，他像一个女孩子一样，会牢牢记得我的生日，也会送我礼物，还都是我想要的东西。我想这大概是因为我们喜欢的东西都差不多吧。他只要送自己喜欢的东西，我大概就会很喜欢了。

我考上博士的那一年，阿平来我家玩，那会儿我有了女朋友，真正的。我只要看到她的笑容，就会很高兴。虽然她常常吃饭吃了一半，突然吃起我碗里的东西。阿平第一次见状，还故意不看我们，我觉得他是不好意思，其实我也被七七吓到，只是佯装自然，我们也并不算是故意要把亲昵做给他看。但七七做的怪事呢，总是那么小，小到不值一提，只有在回想起来的时候才略感惊心。

我和七七，我们在打游戏的时候认识，在线下见过几次，见面的时候，也都在打游戏。她第一次来我家，送我的见面礼是一瓶花生酱，最后她还吃得比我多。我则送了她一个威风凛凛的艾伦·耶格尔，有三套表情：通常表情、愤怒表情、哑然表情。她可喜欢愤怒表情了。然后她龇牙咧嘴着对我说，"你就尽管来找我吧！"

那个样子吧，超美的……

阿平显然对我的女朋友十分好奇，像对我的其他玩物一样好奇。我记得他看七七时眼神中的光芒，这令我有点不知所措。那是我记忆中他话最多的一次来访，他问长问短又问得很不具体，我也马马虎虎回答着。我觉得七七的领口开得有点低，她又大大咧咧，这不太好。这也是我第一次觉得，我在保护我爱人的同时，在悄悄推开阿平的介入。尽管他后来成了我的伴郎，名正言顺，婚礼当天还替我喝了不少酒。就连他离开我们新房时的背影我都还记得清清楚楚，他难免显得有点落寞，可能是因为他的头太小的关系，需要很多黏土，才能固定成一个稳固的样子。

"有事叫我。"他最后对我们说。

我有些想念这句话，因为在那之前，的确还没有发生过任何事。

我当时觉得很好笑，新婚之夜还能有什么事，难道是甜蜜地疯掉……

没想到还真有这回事。七七在半夜把我的手臂都快要咬断了。在剧烈的疼痛中，我几近飙泪，差一点就要打电话给阿平帮忙。我内心呼喊的话是："阿平，救我！"但我最终什么也没有说，我像一个真正的硬汉一样吞下了那个晚上全部匪夷所思的遭遇，还佯装平静地继续生活了一段日子。在一场断断续续的欢愉过后，我美丽的太太突然开始抽搐，她紧咬牙关、面目狰狞，五官都失态了。她让我拼命在新婚伊始就想给我们的生命按个暂停，我不敢相信这一切是真实的。在慌乱中，我报了警，我们辖区的片警还给我做了笔录，问我"你对她做了什么？"我不知道该怎么回答。他又问，"结婚之前你不知道她的病史吗？"我也不知道该怎么回答。警察说，"那你以后打算怎么办？……"我第一次觉得我需要一种与表情有关的支援。

　　如今我手臂上的疤痕，提醒着我过往荒唐的婚史，也提醒着我的青春已经彻底离开了。这在我心里留下了一个恐怖的阴影，来自我母亲后来凝视我的眼神，来自我再度打量七七时的复杂心绪。据我所知，母亲没少为这事掉眼泪，但现在她对我提也不提。最要命的那些事，她一个字都没有跟我讲过。她杜撰一些事实，对我们的快递或者邻居说，说我被一个女孩子骗了婚，现在只能是一个离过婚的男人了，非常可惜。"好端端一个男孩子"，我记得母亲描述我的语词，但在我面前，她什么也不说。我们对这件事的认知完全不同。我并没有离婚，七七本人也没有骗我什么。我早不再能算是"好端端"。我们短暂又凄凉的夫妻生活，本身并不值得遗憾，也不值得留恋。遗憾的是，我不知道是不是因为那件事才令七七发病。这令我无法面对许多人的眼神，包括阿平、七七的父母、邻居、快递、我母亲、我在天有灵的父亲。我觉得我被误解了，但我再也没法澄清这些原委。这也像我的父亲。

新婚之后还有一回，也是相似的过程。我们像普通夫妻一样洗澡、亲吻、做爱，而后她突然发病，我没有再报警，而是送她去了医院。我们也再没有发生过男女之事。七七醒来以后就哭，哭了很久很久，一旁的护士问我，"你对她做了什么？"我不知道该怎么回答。我心里很难过，我又想找阿平喝一杯。

阿平结婚以后，即使我们住家的距离依然只要十分钟的路程，我却一年才能见他一次了。我们偶尔在网上遇见，刹那间像回到从前，又不真的像，时光如电。我还在用猫上网的时代，每次逃学回家看到他的 QQ 头像是亮的，心里总是很高兴。但现在我看到他在线上，好像看到一个熟悉的陌生人，令我怀念起曾经并不知道珍惜的微小快乐。我想谈恋爱的感觉就应该是这样的，充满了无言的喜悦，说不出的、不能说的、不必去说的。虽然我真的恋爱时，又似乎不尽然是这样，匆忙多了。我和阿平，我们都很确凿地喜欢着女人，但阿平又让我知道，有些事如果不那么确凿，反而会活得比较轻松。在这个世界上，再确凿的感情也会褪色，褪色为一种深深的"知道"，或者说，不用再解释的"信任"。譬如我们之间，即使早已丧失了百分之九十的寒暄和鼓励，他依然是以前的他，我也是以前的那个无论是不是"好端端"的我。"好端端"这件事，对我母亲比较重要，对阿平来说，无所谓。我们什么都不用说，说了也不会影响我们之间的一切。

今年我过生日时，阿平寄给我一本渡边麻友，我们两家那么近的距离，居然都通过了快递，这是两个令人费解的女人送给我们友情的礼物。我收到写真之后，忘记跟阿平说声谢谢。我只问他："空吗？"他说："不。"这样便又匆匆过了半年。但这依然是一种深深的"知道"，我知道他，他也知道我，我们都过成一种难以启齿的样子，想要吐槽生活，也不需要语言。这样的朋友，我的人生里只有他一个。

我没有打开那本写真书，但封面真不错。我喜欢人体的线条甚过于人体本身。所以我喜欢女生的头发，我是个发控，这很讽刺。我愿意用手指去拨开她们的每一根头发，这能让我心情舒畅。头发对女人而言可能象征感情，对男人而言则象征力量，所以头发用"掉的"就不那么美好了。我好像还深深地喜欢着那些长头发的女孩子，尽管也领略到美丽背后的潜在威胁。打开她们和凝望她们会令我感到负疚，这是如今的我与小时候最大的区别。我只能把它们放在离我最近的手边，和罗兰·巴特或者……库尔德利一起，心生敬畏。她们这样陪伴我、观看我、折磨我，已经足够了。

三

去阿平家过马路的时候，我又看见了那个女生。那个拦住我父亲灵车的女生。

她比小时候显得更壮大了。我总觉得她不像是个真人，而像个卡通片里才有的那种体型颀长的女性。她头上戴着大盖帽，袖口上别着指挥标志，一双长腿被灯笼一样的裤腿遮住，站在路口，吹着凄厉的口哨指挥来往交通。"侬！过来！侬！停牢！侬！侬！死开！"她在新村里兢兢业业管理交通二十年，不知道的人还以为她真的是协管员，她所积累的年资都差不多可以退休了。这一生，她是一名高级的、敬业的、鞠躬尽瘁的交通协管员。大家都这么认为，就仿佛真有那么回事了，真真切切流逝的光阴可以做证。

其实我很想念她小的时候，扎着马尾辫，跑起步来胸脯震颤的模样。我和阿平透过她指挥时甩起的袖口，可以看到她半个乳房。这曾经是我们俩的秘密，后来变成了默契，再后来，则成了可见可不见的布景。她像一个真实世界的手办，狭长、丰满、偶尔衣冠不整，没有童年，也不会长大。而我和阿平的另一个秘密是，我们要比很多人都早知道，她并不是一个真的交通协管员。

她倒是冷冷地观看着我们慢慢长大，目击我小的时候是个胖子，后来我因为打游戏戴起了眼镜，后来我瘦了，再后来我有了肚子，少了头发。我失去了父亲，母亲一个人将我带大，她有过几次约会，后来都无疾而终。我考了两年博士，毕业又失业，踌躇了一小段日子决定去做博士后。我从事各种表情包和网络用语研究，吊儿郎当又像煞有其事，苦心孤诣钻研着人类社会的现在和未来，这样的人在社会上都前途茫茫。

她也冷冷看着阿平，被父亲卷走了工作五年的存款，买了失败的理财产品，据说那些钱被荒废在一个不知名的矿场上，荒荒凉凉再也难以还魂、重返人间。阿平整个家族历经这场洗劫，受尽了同情，最后终于用又一笔巨款装修了一个小小的三十四平方米的小房子，供阿平草草结婚。阿平心平气和地得到了一面墙的玻璃柜子，仿佛是作为补偿，也仿佛水到渠成。他也得到了一个热爱房本的、永远不太高兴的太太，磕磕碰碰共度余生。阿平至少还有一只老猫，还有我。

他有时在网吧出现的时候多了，我会担心起他的婚姻生活。但我这样的人还有什么资格担心别人呢？所以我问也不问，他不想讲就不用讲。

"求官方删了风行者这个英雄！"我看到论坛上飘过一行字，也会想到那个女人。

无论发生多少事，她则依然、永远，在那个路口指挥着交通，面无表情。无论我学习了多少研究工具，我想我永远不会懂得她。她在她自己的次元，头发剪成刘胡兰的样子，脸上的坚毅依然。在这个世界上，没有一个协管员的表情能比她更加视死如归。她是我和阿平的青春计时器，又或者是世事变迁的度量尺，可无论我怎么样不将她当做人类，我都不得不承认，就连她 —— 一个失能者，都无可挽回地衰老了。她到底认识我吗？其实二十年来我都不太知道。她在自己的路途上远征，燃烧，远征……Sin'dorei。

要不是我们小时候看过她光着半个身体躺在地上咬母亲的胳膊，我怎么会在那个可怕的夜晚，紧急地把我的胳膊放到七七的齿间。我在那一刻瞬间体会到了母亲的爱，那显然与疼痛密切相关，是一种盛大的忍耐与牺牲。七七的牙齿爆发出生命的能量吞噬着我的惊讶，反而没有让我想要离开。难免的，有时七七也会让我想起她。

听母亲说，这些年"协管员"姐姐连续发过几次毛病，身体更差了。关于癫痫与精神病，科技频道倒是做过一个节目，关于二者之间神秘的关系，以及部队医院开颅的新技术。但我不是为她看的，只是看到她的那一刻，我又想起了那个新手术。我想如果她做了手术，不再疯疯癫癫，对她而言未必是一件十全十美的事，我和阿平家路口的交通也许会变很差。我以为我应该告诉母亲这一则偶得的医疗讯息，但在我想开口的时候，母亲却絮絮叨叨说起她的母亲反而问起我要不要去相亲。于是我简单说了句"不用"就仓促地终结了对话。母亲不知道我心中经过的千里江陵，也不知道我瞬间就可以当做我什么也没想到过。

"人家都很关心你的"，是母亲一直以来都信奉的口信。但我不知道这句话的后面到底是接着"婚姻"，还是"死活"，反正说了一半的话都让我感觉到不自由。我已经不再擅长鼓起勇气，或者说，坚持到底。

阿平给我开了门，我进到他那一间富丽堂皇的家。不知道为什么，如今新村里经常有装修花费了四十万、六十万的一室户，不只是阿平，后来我听过好几个认识的人都是这么结婚的。那么小的房子花那么多的钱，完全可以打造一个新的次元。所以阿平做到了。他一共只有四面墙，却打了一整面墙的玻璃柜。许多原来我在他书堆和键盘抽屉里才看到过的好东西，现在都有了博物馆一样冷峻的灯光。这些漂亮的女孩子真的被摆出来以后，像青春进入了历史橱窗，并不能让人兴奋起来。相反是伤感，扑面而来的伤感。看到她们再看到自己，看到她们正看着自己，很难过的。

阿平的太太，见到我却并没有跟我说话。他们俩是相亲认识的，她的脸上写着她彻头彻尾就是这样的人。阿平有天对我说，"有个人想嫁给我。"我就"哈哈哈"一通乱笑，我可不知道那个女人会那么不喜欢我。总之她看到我来，就起身去上厕所。紧跟在她身后的，是阿平的猫，一只健美的白腹老狸花，它不怕我，因为我是看着它长大的。我也想念我的猫，可惜它被我太太放在微波炉里杀害了。那真是很糟的一天，七七也撕了我不少东西，每一件都让我心碎。我很想平静地和她分手，但我没有分过手，不知道原来那么难。

在马桶抽水的声音里，我匆匆问阿平："你好哦？"他说，"我换了工作，更忙了。"我看到他鬓角白了，但只是几根。他又问我，"七七呢？你去看过她吗？"

我点点头。

但没什么事能够来得及细讲。

我最近一次见七七时，是她母亲特地告诉我，七七出院回家住了。只要按时吃药，她早晚还能去上个班，这是她母亲的期盼，却不是我的。我对七七没有要求，我好像有点对不起她。七七看到我的时候很激动，拉着我一起剥毛豆。这些毛豆并不好剥，瘪瘪的，抠得我指甲疼。她家里阴冷无比，我简直能够感受到寒意从我的脚底心一直上升到膝盖。而后七七对我唱了一首歌——《常回家看看》，还非要我录成视频，这个视频如今像一具尸体一样躺在我的手机里，每次存储空间不足，我都会想起七七，想起她霸道地盘踞在我的记忆中，寸土不让。她发病的时候常常往外跑，几天不回家，回来的时候又衣冠不整，袜子一长一短，衣服脏乱不堪。面对这些事，她母亲时而崩溃，时而又冷静得吓人，还对我说，"她要是来找你，你不要害怕。她就是死在侬那边，我也不好怪侬的。我都能接受的。"

坦白说，我也收到过她母亲所唱《常回家看看》的视频。七七银铃般的笑声穿插其中，对我大声说，"老公我回家啦！我妈可以证明！"那一段，我也没有删。我想等 iPhone 出到 8 的时候，我就把这台手机彻底锁起来，像块铁一样，包好壳，绑上橡皮筋，放在母亲的八音盒里，仿佛是我对我们这个被诅咒的家族唯一的贡献。算是我舍不得扔。

那一回我去看她，其实心情很不好，我的论文没有过审，博士后却出站在即，前途茫茫。初冬的屋子墙壁上有白色的剥落的墙灰，特别像一个先锋的舞台。方桌上绿茵茵的毛豆，缝纫机小抽屉的拉环，斜插在热水瓶与红富士苹果之间的 CT 胶片 …… 都因为看起来孤冷而令人印象深刻。因为七七的关系，这个家有了顽固的、病恹恹的颜色。七七像是一种液体，能让整个家族都晕染上了消毒棉花的气息。她流淌到哪儿，哪儿就完蛋。这个家也曾是温暖的橘红色，像煮熟的大闸蟹一样带有幸福的颜色和气味。可惜那些好日子一去不返。七七应该有一个大招，叫做"好景不长"，足以碾压我。

在我眼里，七七依然有点美，领口开得很低，她简直没有领口高的衣服。我喜欢她的胸，尤其是那隐蔽的、纷繁的乳腺，像具有力量的武器打击她肋骨的想象空间，会使我感到兴奋。所有的衣服在七七身上都像病号服，她却依然是一名可爱的病号，她就是有本事能让衣服看起来不重要。如果她是一个玩具，一定会成为我最喜欢的那些，我如我母亲所想象的那样变卖家产，都会把她好好地带回家，让她看着我吃面、打字，趴在我的纸巾盒或者Q10药瓶盖子上。我还想带她出去拍照，趴在别人的汽车上，小树干上，或者小池塘边。她可以不那么暴露，我可以给她买能够出门的衣服，以至于不让她看起来像一个高仿货。但眼前的她显然有一些过于朴素，裹着紫色的棉袄，笑起来眼角堆满皱纹。她比我心中的样子苍白了许多，我很难想象她作为我妻子的一小段曾经。我很想念她，即使她就在我眼前，其实也说不上发生了多大的变化。

而我放不下她的原因，是她最后一次发病入院之前，曾经失去过一个孩子。当时我还沉浸在她杀害我的猫的悲痛中，我打了她，她后来显然不记得这些原委，对我像平常一样友善、温馨。开始吃药以后，七七的记忆就十分混乱，她有时会叫我其他人的名字。我猜想那一定是对她挺重要的男孩子。从她灿烂的微笑与闪烁的碎片般的言辞中，我大致知道她曾经的男朋友是学校乐团的乐手、大学肄业又出国去的学生……她和其中的一个曾在一个雪天逛过北外滩，又在香港跨过年，在跨年的那一天他们在一个天台的什么树旁发生过关系，这些事与她结婚前我都一无所知。我喜欢她眼神里确凿的、晶莹的光芒，我误以为那是天真和爱，我不知道这还有一种可能，就是疾病。

　　我后来有些理解，为什么七七的父母在一开始会那么热情地招待我这样一个一事无成的废柴，催我们结婚，为我们提供一切方便。他们对我们曾失去过一个孩子这件事，也表现得异常平淡。其实到现在为止，七七的父母依然算对我很不错，嘘寒问暖，无论我是否理睬他们，或突然出现，或问候，或离开，或不回答他们的问题，或又突然问起他们很多问题，他们都热情待我。七七母亲有意无意会说起，七七依然穿着我给她买的衣服，在我之后，她就没添置过什么新衣服。我看了七七一眼，可能是如此吧，她的脖子上还戴着我送她的哆啦Ａ梦项链，她的彩色袜子也是我们一起在优衣库买的。嗯，我还真是常常给别人买袜子。我很想念那些晚餐后散步的小时光，那可能是我这一生中最开心的日子。

我有时觉得七七是我的前妻，因为她已经彻底离开了我的生活。有时又深切地知道，其实我们并没有真正切割干净。从法理上我们并没有离婚，七七也始终在我心里。可能我一直就喜欢她的痴和癫，她时而病恹恹又突然堆满笑容的样子，那就是我喜欢的女孩子。我们最好的日子短暂又温馨，她陪我打游戏，给我煮面，我觉得婚姻就该是这样的。尽管我新婚之夜就进了警察局与医院，而后我不断说服自己一切会好起来，又努力重新跟她生活好几次。包括此时此刻……我都努力和她吃着药的现状认真生活在一起。我最近一次离开她时，她冲过来揪着我的衣领说，"你死不死啊？"我说，"不死。"她就幽幽然走了，她的屁股上有一朵血渍，这让我实在难以忘记我们曾经的孩子。那天晚上，她发了一百多条朋友圈，有她在唱吧唱的歌，也有和我的合影，甚至有我睡着的照片，暴露了我半个光头。我不知道她什么时候拍的。但就连这种失控的出卖，我都已经习惯了。

对了，七七应该被我们所有的好友都屏蔽了。曾有不怎么熟悉的师弟在谢师宴上感谢我，说我的太太帮助了他们戒除了朋友圈，功德无量。我知道他们是在讽刺我。我想往他们的脸上丢一百张歇斯底里的表情包。但在现实生活里，我还是面瘫着给他们一一道歉。我说："对不起对不起，大家可以屏蔽的，可以屏蔽的。"我觉得自己很丑陋，在旁人眼里是个衰爆的博士后。我未来会做什么工作只有鬼才知道，招聘上只要提一句"35岁以下"我就能早早地阵亡。更何况，我还有一个这样的太太。我没有父亲。我也没剩下多少头发。

我和阿平都不适合结婚，这算是马后炮，像一种诅咒。我知道阿平不会屏蔽七七，不然他怎么知道最近七七回来了。阿平的太太应该对此很不高兴，阿平因为七七的关系而看不到她的朋友圈了。她讨厌我，讨厌我们夫妇，所以我一来她就走，给我脸色，女人都这样，明明不认识都能互相为敌。今次我来问阿平借西装，参加下个月的出站报告。阿平将衣服拿给我以后，我拍了拍阿平的肩膀，转头离开了他的家。

四

在我看来，人世间所有的表情都无疑为各种与"尴尬"搏斗的形式。生活中的"尴尬"是永恒的，这点大家都能感受到（我母亲该如何面对我不忠的父亲在别人家里突然倒下，我又该如何面对我的妻子可能因性生活而爆发陈年隐疾？），"表情包"则能稀释社交"尴尬"中极为沉重和苦涩的部分。"表情包"也启示我们对情绪的感知，我们通过"表情包"来建构新的情绪，这些新情绪有些是初次相逢，原来我们并不知道情绪可以这样表达，所以我们通过"表情包"来展开学习；有些则呈现为一种无言的疗愈。

字与图，为我们复杂的情绪做了精准的定锚。在网络生活中各种各样夸张表情的出现，使人们得以在私密环境中持续不断地释放压力。而不像传统社交中，我们只能通过面面相觑、不断地说话、饮食、碰杯、聆听梦想破碎的声音来搪塞大大小小常见的尴尬。成年人能够熟练地运用沉默或者"哈哈哈哈哈"来打发一整个下午的相处策略，显然已经太老派。杯盏交错与初音未来，到底哪个更适合人类的精神生活，已经越来越难以精确地判定。反正如果可以投票，我显然会投给初音未来。

我们显然需要一些可以发散、浓缩的物什，来更为细腻地瓦解日常生活的重大压力。我认为，所有依赖真人的行为而实现的心灵慰藉，总有一天会被各种生动的符码所替代。这种符码也许存在实体，也许只是一种想象。同一次元的人能够促进这种符号不断繁殖、淘汰，自我净化。不同次元的人，也能通过新的"连接"符号友善地沟通。我们会被不断演变的符号所启迪、所奴役，更重要的是，这些符号能消耗我们生产过剩的爱与欲望，心酸与同情，使我们的"动情"更为节制。

不需要真人，这并不是一件令人失望的事，相反应该令人感到敬畏。人真是麻烦，人与人，则是集麻烦之大成。面对婚姻中的欺骗、意外甚至是……赌博，人类的表情早就不够用了。譬如我又应该如何运用合适的表情来面对眼下这种毫无出路的局面呢？就我目前的研究成果而言，国家显然不应该出钱来资助我的研究。但比我更绝望的废柴大有人在，我有个朋友研究弹幕，他常常收到被污染的银幕截图，别人会对他说，"你也不批评批评你家弹幕。"可弹幕不是他们家的，弹幕和表情包一样，是民间的游戏。我们玩耍一切，以便使得自己被命运玩耍这件事不会那么不可理喻。一切的工具，以搪塞，实际是搏斗，与性、与孤独、与爱，厮磨与缠斗。

"他们不想跟两年前的陌生人对话吗？"这位师兄问。在他看来，他与这个世界最温暖的链接就是跑动略过视网膜前的三个小字——"有人吗？"紧跟其后，来自宇宙深处被折叠的时光里，会发出又一个微弱的声音——"小白龙！"（电影《推手》）

你是不是不知道他在说什么？其实没人知道，这不重要。

重要的是，"有人"对此作出了回答。两个对话者可能互相并不知情，隔着时差，也隔着时差中所不断发生的数不清的往事。这种互不知情的相遇，令我们的观看创造了全知的优越感。这很浪漫，不是吗？我们完全可以和这个局面暧昧地相处下去，而这些看不见的人和我们一起，正经历着不被理解的最好的事情。

我还有个朋友在研究网络谩骂，嗯……他最近有点想彻底改行。因为谩骂总是在一个次元，拿出小粉笔画线，泾渭分明。然而和我们相比，他那个游戏有点小，有些过于直接而丧失诗性和偶然性，美感也就随之消失了。

偶然的爆发也不总是唯美的。譬如七七的病例很坦诚地告诉我，在结婚前她的确有过十几年的正常生活了。她认认真真上了大学，进入一家小公司当行政文员，喜欢吃零食和打游戏，直到我们相识。她满脸写着贪玩是没错，但她并没有表现得特别出格。关于这一点，没有一个人欺骗我。他们的筹码是，万一她好了呢？我显然也希望如此。没有人比我更希望七七能好起来，或者说……从来都没有不好过。我甚至扪心自问，万一她真的好起来了，我会不会与她分开。在我心里，等她好起来之后与她分开总要比此刻与她切割显得更为高尚一点。我的确没有为她考虑，我全是为了我自己的感受。我冥冥中感觉到，这场婚姻仿佛是阴谋。在婚姻生活途中，七七开始发病，这令她发病的缘起，毫无意外地与我有关，关于这一点，警员的笔录中都详实地记载了下来，我无法篡改。我成了一个潜在的"罪人"，这令我十分……尴尬。我需要一个庞大的"表情包"来应对我的爱人，七七却是一个接受无能的人。这很残酷，像极了尴尬本身。

偶然的爆发也不总是美的。我当然知道这个道理。

做完报告的那个傍晚，我回家前在全家吃了一个新出的草莓冰激凌，买了一瓶酒，坐在路边轻松地喝了起来。我背后的小餐馆，玻璃门上写着"不要碰头"四个字，我总觉得是个什么隐喻。有趣的是，这里市口不好，或者说，风水不好。从我父亲过世那年开始，餐馆开了倒、倒了又开，像植物一样有着自己的兴衰和节奏，已经不知道几个轮回。餐馆的隔壁，有一家洗衣店。我母亲一直很想有一家洗衣店，她恨不得把家里所有的东西都一洗再洗。但近来，这家洗衣店突然开始卖起红酒，在进门处，生生开辟出了一个新的世界，一个突兀的酒柜，一块小黑板，上面用红色绿色的粉笔写了些洋名，不知道什么意思，又象征着什么生计。洗衣店的旁边，是一家极小的宠物医院，有两只奄奄一息的布偶猫正在挂水，受制于人类的意志延续生命，看起来远远不如那些常年躲在车底的小东西来得自由。宠物店旁边，是一家理发店，名叫"维娅丝"。每天早晨十点，店里的五个员工会出来跳操，这也是有段日子的风气了，房产中介、理发店的员工会跳舞来振作士气。"维娅丝"东施效颦，五个员工个个看起来都面露难色，如果天色不佳，这种荒腔走板的舞蹈会看上去有些凄凉。七八年前，在"维娅丝"还叫"艾伦"的时候，他们家的玻璃是粉红色的。远远看过去，会看到很多女人的腿，在粉红玻璃的滤镜下看起来诱人。世博以后，她们就消失了，不知道去了哪儿，也许是嫁人了，或者改行了，世事如棋，总能走出下一步，总能找出新办法。

这些店我看来看去地又看上了一遍，我以为不会有什么新的意外。突然间，我看到了一个熟悉的身影在夕阳下。她的背影看上去有一点奇怪，我很想把她拨正一点，她脊柱前倾，总像要摔倒。我曾经亲手拨过很多次女孩子，让她们看起来挺拔一些，或者诱人一些，但我实在不知道要怎么去拨一名母亲。

她的身后还有一个男人，正帮她提着袋子，两人看起来没有说话，却像两棵种植在一起老树一样熟悉。斜阳映照着男人的头发特别茂盛，红褐的颜色却让人不胜唏嘘，我猜那一顶一定是私人定制，不便宜。而后我想到母亲手捧的那三个盒子，满桌的荠菜，想到她在经年累月里对我说过的旋风般的叮咛……

远远地，我好像听到有人在喊，"侬！过来！侬！停牢！侬！侬！死开！……"有人在唱《常回家看看》。我有点想念阿平下次一定会问起我的"你好哦？"，我要怎么回答。

　　而后母亲微笑着转过身来，她也看到了坐在路边的我。

过

房

一

护士小晚照例准备用皮筋为老夏绑手扎针，那是个年轻女孩，腿细得像麦秆，皮肤雪白。她戴着口罩，眼睛里都能洋溢着清澈的笑意，讨人欢喜。听人说是快要结婚了，新郎官是个中学老师，真是郎才女貌。

"啊！怎么会。"小晚轻声叫道，立刻松开了皮筋，急忙说，"夏伯伯对不起，我们换一只手好吗？"

"没事的，没关系的。"老夏于是递出另一只手来。

小晚扶着老夏的手臂仔细地看了又看，轻拍了几下，神色十分紧张。

"呃，你还是先等一下，我现在就去叫医生来看。"她终于恢复了职业的沉稳，放下医疗推车，小跑出病房去。

"其实真的没关系的。那么小的事。过一会儿就好了。"

老夏心想，小医生总是容易大惊小怪，何况又是女孩子。

老夏被皮筋扎过的手臂处，此时已经起了一汪湿漉漉的血痕，小晚轻拍过的皮肤处也是同样的，带着狭长的、透亮的血意。这一次入院以来，老夏的状况就一直如此。因为身体上的皮肤总是不明原因的一碰就破，简直无法展开任何医疗。于是，他每天只能吃吃药，睡睡觉。所谓的住院，也就显得格外像是心理上的煎熬，治病反倒是次要的了。

医生倒是没有如小晚一样慌张，他看了看老夏的症状只是说，"第一次化验的时候你好像还好啊，扎针什么的也都没有问题。现在怎么突然变成了这样。皮肤这样状况下去真的很麻烦。要么你还是先去皮肤科看看好，我们才能继续做方案，看你到底要不要开刀。不然皮肤都没办法愈合，一碰就破，静脉针都打不了，怎么做手术，我们没法处理啊。对了，你的家属呢？"

"噢，他们下午会来。"老夏微笑着说。

"慢点叫他们来一趟。"方医生嘱咐道。

小晚于是抱歉地看看老夏，又送走医生，转回来对他说，"夏伯伯你先不要急，晚一点我们安排皮肤科的医生过来帮你看。"

老夏于是又笑笑。

"你今天大便有吗？"小晚问。

"还没有。"老夏答。

"有了告诉我，看看有没有血。"她仔细地记录在案。

"好的呀。"老夏笑盈盈地应允。血最恐怖，一般人都怕，护士也怕。老夏却不怕。他一旦不怕，大便反而更加不正常了。真是奇怪。

这元旦一过，眼看可就要过年了。老夏心想，又是一年，日子可真不经过。他这样的状况，也不知道能不能回去像模像样地过个好年，更不知道还有没有下一年。反正医院这个地方，他是再也不想来了。医生也说没法治，这倒爽气了。不如让他早点回去太太平平过个年。老夏还想着，最后的日子千万要喝点老酒。酒可是老夏一生中最不会失去的伴侣，虽然也曾给他惹了不少麻烦，却像自家亲人般地怨不得。医院里不能喝酒，哀哀苟活着也就没大意思了。要死，真不如在家里舒坦。更何况，如此继续消耗下去，一定会累及姐姐们，母亲也要担心。好好的一个人，到头来做成一个讨人厌的老头，始终不是他心里的愿望。眼下，吃喝虽说是不忧愁的，忧愁的是吃不下，也有护工照料伺候大小便，可惜大不出。都是白搭。白搭还要花钱，乱哄哄的人来人往里，想见的人却见不到，心里不舒坦。

刚刚得知自己得了大肠癌的时候，老夏自己没什么感觉，陪他来看病的二姐晓芳却大哭了一场。她抽泣着说，"弟弟啊，你真真一天好日子也没有过上过，一辈子还没成过家呢。姆妈晓得要怎么办，她最最担心你，怎么会这样的啊，老天爷真是不公平，好人没好报啊。呜呜呜。"最后反过来还要老夏去安慰她。

老夏说："人都要死的，不要紧的。我不是很怕的。"

晓芳说："可是我还是要找人商量啊，这么大的事，我要先找谁呢？"

老夏说："随便你找谁呀，但先不要告诉姆妈。她都九十岁了，让她过个好年。这几天你就说我出差去了，我过几天肯定要回去的，医院里有什么好住的呢。你可不要说漏了。"

晓芳于是抽泣着出门打电话去了。女人总是不中用的，出了事就哭哭啼啼，但关键时候，好像又有点离不开她们。

大肠癌在癌症中算不上最凶险，本来切掉病灶再加化疗，大部分人都可以维持生命。无奈老夏因为长期酗酒，皮肤像雪片一样剥落早就不是新鲜事，他的身体本来就千疮百孔，如今雪上加霜。最初约定好的手术日子一拖再拖，到最后医生也束手无策。每个礼拜，由老大、老二、老三排着班来看他，家里他年纪最小，从小最受照顾。她们还要排着班去看母亲。这一老一病，把四个家庭纠集在一起，见面频率高得好像姐姐们都没结婚时那样闹猛。但青春里木知木觉的相聚可不比如今，人人都有自家事要忙，孩子都没成家，母亲又老了。老夏想，她们能来看看他已经谢天谢地，是恩情。亲人间也不能视若寻常的恩情，都是要还的。哪怕是前世里欠下的，都无处可躲。这辈子还不完的，来生也要给补上的。所以这世人啊，做得无滋无味，一事无成，但大概能把之前欠下的债给偿清了。

老夏这样想，也没有感觉有什么轻松。他有时看看窗外，开始还笑嘻嘻，突然就不想说话了。他好像是在等人，又好像不是。其实平日里在家也是差不多样子，看看外面、看看里面，喝喝酒。一辈子就这样稀里糊涂地过去了。要这样细想，他就会有点难过，眼睛红红的。迷迷糊糊地眯上一会儿，又很快忘记这些。直到护士来送药，才打了个哈欠醒来。一日复一日，都没什么新的剧本。

小晚说："夏伯伯醒醒啦，先吃药，下午再睡。今天下午谁来呀？"

"应该是我女儿呀。"老夏幽幽地回答。

小晚从没听说老夏有自己的家庭，但他常常这么说，这是私事，她也有点不好意思打听，就没有多问。小晚递水给老夏喝，却见他两条手臂上还隐隐冒着血泡呢，真可怜。老夏的皮肤就像湿透的薄纸，裹着日益脆弱的生命。一眼就能清楚看到青红相交的血管，仿佛随时都会破裂一样。这居然还不是他生命中的大患。

"我开玩笑的。是别人家女儿啦，像你一样。"老夏贼贼地看着小晚，却笑得特别不自然。"她还跟你一样大呢。"老夏补充道。"但没有找对象。还是你比较好，结婚了，下半生有依靠会比较好。"

小晚就笑笑，不跟他计较，随便他怎么胡说。在心里面，她是挺喜欢老夏的，也不知道是为什么，眼缘吧。癌症病患脾气都很差，末期的人都不好当一般人来计较。人人都想活，最后都是气力耗尽而恹恹蜷在病床上。糊涂时候还好，清醒的时候，他们的怨念要比癌细胞还要迫人。他们有时胡言乱语，突然就号哭，或又抓着医生护士的手臂道歉，狂躁发作时，是需要家属签字打镇静剂的。可这都怪不得他们本人。所谓病魔，也就是会把好端端的人给活活弄疯掉，对每家人来说，那都是灭顶之灾。所有的病人里，就只有老夏看起来特别沉得住气。明明治疗毫无进展，也不动气，也不着急，仙人一样的表情。他好像对治疗不治疗这件事压根无所谓，住院是为了家里人开心。每一天吃得下睡得着。即使面色极其不好，他也一直笑呵呵。没见过这么没心没肺的。

老夏要是能做手术就好了，一定能救回来。小晚心想。好端端的一个生存希望，怎么会断送在皮肤上呢，实在有点冤枉。何况他人还那么好，扎针出了那么多血，却一个劲安慰她不要紧。现在这样有善心的病人已经不多了。

记得早几年，小晚刚做值班护士的时候，有一晚她困意十足，忘记帮一个加护病房的阿婆推胰岛素。没想到阿婆自己也是医生，醒来十分虚弱地对她说："小姑娘啊，我没有死在癌症上，却死在没有推胰岛素上，你说我冤不冤。我要是死在你手上，变成鬼，你怕吗？"小晚当场就吓哭了，以为要丢掉工作，以为差点杀了人，更怕遇到鬼。幸好老人慈悲，没有将事情闹大。往后的工作里，她都警惕得很。然而时过境迁，想想万事不过如此，好人未得好报，阴错阳差里翻船的事多了去了。许多病人进来头一个月翻来覆去想"为什么是我"，然而在外人看来却"为什么不是你"。后来也就索性不想了。一个人身上七八根导管一插，根本想不了那么多事。

　　老夏却不一样啊，小晚心想，他和那些病人好像都不太一样啊。他既不怕死，也不想活，很随便的。七八年来从没见过这样的怪人，没见过这样松懈的表情。这么随和的人居然也没有个老伴儿，老夏可怜。

二

　　下午来的那个女孩胖嘟嘟的，完全看不出是和小晚一个年纪。她一到病房就扑到老夏床前说，"夏叔叔，你到底好了没有呀？ 你快点好呀。"像撒娇。

老夏一下子被她甜得开心坏了，说："小姑娘，我老早好了呀，可是他们都不让我出院，就是不想让我上班。不过我要是挨到过年以后上班不是蛮好的吗，上上停停也很烦的。你不要急。我会回家过年的。"

小晚在一边听着，看看他，哭笑不得。老夏也乐得和她打招呼，仿佛在说，"我没骗人吧！"

"人家产假都没你休得长呢。"女孩笑道，"我怎么不急呀，我急死了。"

"急也不见你来嘛。"老夏嘟囔着，像赌气。

女孩于是说，"对不起对不起。我不知道你那么想我。但我也想你的！"

老夏叫她小姑娘。其实她已经不小了，今年二十六岁，小名叫樱桃。老夏眼看着她出生、长大、上学，看她一天比一天敦实，心里欢喜得很。人的一代又一代，其实也无非是这样。

说起来，樱桃的性格特别像他，乐天派，但上海人讲起来，就总归有点"十三点兮兮"，成天都在傻乐，一点像样的心事都没有。一眨眼，樱桃就已经是大姑娘了。这要放在以前，她妈妈的年纪，第一胎都怀过了。现在的孩子都成熟得晚。不像他们这一代，十八九岁要比现在二十八九的人还要沧桑。他们当年，年轻终归是年轻，沧桑也是真沧桑。仿佛两件事是不搭界的。生理和心理是不搭界的。

樱桃去年刚动了一个卵巢皮样囊肿手术，却是还没结过婚的人呢。现在的大环境都很不好，人人都活得很不好，小孩都作孽。故而，没心没肺反而成了好事。因为生病，樱桃就丢了工作，但她的性格决不会去单位闹的，家里也没有人责怪她。大家都说"算了算了"，健康比什么都要紧。想来的确如此，健康要紧，有健康，才有力气去等、去计较、去虚度日复一日。不过，樱桃这场突如其来的病，缓缓地也就好了。如今从外观上，真是完全看不出什么异样来，否极泰来。樱桃就和小时候一样，胖胖甜甜的，老夏最吃她这一套，她哪里像是快要三十的女人，哪里像她妈。

樱桃的母亲佑琪在退休以后帮私企当会计补贴家用，她倔强了一辈子，也操劳了一辈子。樱桃父亲腿脚不好不便走动，早几年提前退休就几乎不下楼了。所以樱桃生病前后，都是老夏在病房里照顾她。人人都以为老夏才是她爸爸，她真正的爸爸反倒是没来过。然而，这也是经年常态了，老夏早就习惯了别人的眼光，樱桃也习惯了。"啥地方去找这么好的过房爷"。这是老夏得到过的最高的评价，他一点也不喜欢，只能装作很受用。"过房过房"，听起来很假，生活却是很真的。比方没想到，樱桃的病刚好，老夏却病倒了。

老夏知道樱桃不会不懂这是什么病房他得的是什么病，但这是她这回第一次来看他，老夏不想跟她说道这些伤心事，说他其实一直都在等她，每天都和护士说女儿会来看他，她们一定都当他是老年痴呆。老夏真的不知道樱桃是因为什么缘故一直没有出现，那么多年他待她那么好，哪怕是近来，他都待她如掌上明珠。这些问题，每天会折磨他十来分钟，很快又忘记。老夏安慰自己，"每个人都有自己的想法"，或者"儿孙自有儿孙福"。这些道理，也不知道他是跟谁借来的。

老夏唯一感到丧气的，是他好像没什么立场支撑他认真地去计较，只能插科打诨或者玩世不恭地赌赌气、撒撒娇。直到这会儿，当樱桃真的伏在老夏身旁时，两人看起来像是一家人刚闹过脾气呢。糊弄糊弄又腻在一块儿了。旧年里那些积攒的不开心，老坑一样地嵌在老夏心里成了沟壑，再也刷不干净了。好的时候，老夏自然而然就眼开眼闭。他只好去相信，她们都忙吧。

这会儿，老夏看樱桃的眼神里，只剩下欢喜了。仿佛刹那间，他不记得自己是被死神盯上的人，不记得手臂上滢滢的血光。认真说起来，生这个病，老夏没感觉到什么失意。认真说起来，如果樱桃会多来看看他，他宁愿生这个病。人嘛，横竖里就是一死，更何况活着那么苦，开心的时候那么少。他有点厌倦了。

樱桃对老夏说，她刚刚找到新工作，在便利超市当店员，店长待她可好了，每天四点就能下班。这下老夏可为她高兴了，连连说"好"。他把早晨姐姐为他削了皮的猕猴桃递给樱桃说，"你吃呀。我牙不好。"樱桃不肯，他就嘤嘤蜷进被窝不接手。樱桃于是打开餐盒，用叉子吃了起来，腮帮子鼓鼓的。老夏便又爬起来，像个大孩子一样，看着她静静地把三只桃子吃完，一直微笑着，比自己吃了还高兴。

　　老夏记得，樱桃刚出生那会儿，也是这样脾气。给她吃什么都吃，一天能吃下好多东西，直到拉肚子前都不会推开一下。笑眯眯笑眯眯。真是个好福气的姑娘，招人疼，有人养，愿她往后也一直如此，遇到好人家。后来，老夏自个儿养金鱼的时候，觉得金鱼特别像樱桃，养狗的时候，又觉得狗也像樱桃。樱桃的脾气好，乖巧，反正样样好。她母亲佑琪的性情，则是万千不及樱桃的。很奇怪，明明是很普通的一个女人，却骄纵得很，也是从小就清高，一辈子过成人家三辈子一样吃力，最后终于老了，还是那样莫名其妙地骄傲着，从来没有妥协过一天。

　　其实老夏不太忌讳自己想起她，或者遇到她，尤其是这些年，大家的心都老透了，早就打定主意往后要开开心心。可仔细想起来，两人上一次见面也的确是因为要照顾樱桃的病。"樱桃"成了两人之间重要的"断桥"，烟雨里寸肠千结都是旧事，仿佛只有看到她，老夏才能想起来人生里还有过那么一点安慰。要不是樱桃太可爱，他们两人也许真的就散了。人家小孩"可爱"个三五年了不得了，樱桃却可爱了二十六年。老夏就在原地守了二十六年。如果当年没有"樱桃"，老夏觉得，人生一定会不一样。

　　这些年，佑琪一面要照顾家里的那一位腿脚不好的，一面又要养活女儿，苦不堪言。无论老夏怎么努力，怎么付出，他从佑琪的眼睛里，再也见不到所谓"想见"或"不想见"的意思了，这个问题曾经对他而言是那么重要啊，曾经像热烈的酒气，忽悠悠地散在风里、雨里，如今却淤积在大肠的肿瘤里，遥远又切近。总之，他们两个碰上就碰上，佑琪总是那么风尘仆仆又牢骚连连。碰不上就碰不上。她是不会多打一个电话，也不会拒绝接他的电话的。这要放在三十年前，就是她从来不会给他多写一封信，多给一句承诺。都是老夏在问她，你好不好，你开心不开心，你要不要跟我结婚。她也从来不会正面回答。但每一次，当老夏真的打算不再问了，决定要放手，她却又哭起来，断肠一样地舍不得他，看起来好像又是依赖他的。这样的事，直到佑琪结婚以后还是一样。她的丈夫当然知道老夏，早就知道老夏。两人若只是隔着佑琪，恐怕能打起来，可隔着樱桃，则又犹豫了。老夏知道，他也没过好。大家都没过好，这事要怪佑琪，但老夏何尝不怪自己。这三十年的轮回往复里，老夏到底也疲了。手中攥紧的绳索忽然放松以后，他好像成了一个从没有过青春的人，一个从出生起就注定要遗憾的人。就像姐姐为他哭的，他真的没有做过人，没有成过家。

如今再没人再问起那些原委了。酒局上也没有。既没有人劝他结婚，也没有人劝他多为自己想想。大家就说，"发财发财""身体健康"。但两件事老夏都没有做到。记忆里最爱捣乱的、譬如问他"樱桃到底是不是你的"的那个好兄弟，前几年因为一场车祸过世了，运气好，赔了一大笔钱。他的亲生儿子用这笔钱去炒股票，从中产阶级渐渐一贫如洗。所以自己的孩子这样的事，想起来，好像也不那么令人羡慕了。老夏有时真想再被问一问，想尴尬地答一答呢。有时又只是想找老朋友喝酒。一个人喝酒喝太久，总是寂寞的。

至于爱情，那到底是什么呢？老夏觉得，那就是个病。隔着这个病，还有别的病。要治这个病，先要治别的病。像他如今的肠子，好像明明能治，却谁也治不了。还没治，就一手的鲜血。所以说，都是命。

所以当樱桃说"夏叔叔，我有男朋友了"的时候，老夏一瞬就走神了。天啊，就连樱桃都要结婚了。他仿佛没有想起二十七年前佑琪对他说"我真的要结婚了"时的表情。他第一次觉得她们到底是母女，性格不像，神态还是像的。面孔不像，笑里却藏着幽灵般的谜面。诱引他一再地沉溺在这片温存的泥沼中。

"……到时你一定要来哦！"

"啊，你说什么？"老夏显然是走神了。

"我说，如果这次我能结婚的话，你一定要来哦！"樱桃洋溢着羞涩、雀跃，或者说甚至有点忘我的天真。

"唉唉。有数了。"老夏略显生硬地回答。他没结过婚。比较下来，他好像更愿意去小晚的婚礼呢，虽然小晚也没有邀请过他。

三

大殓在春节后才真正办起来。可把老夏给累坏了。

家里谁也没有想到，他们终于没能过成一个好年，这一切却不是因为老夏的病。

老夏出院以后，就如往常一样回到家里，吃吃药、睡睡觉。还说好了过完年要去上班。年前，老母亲却在冬日雨天里滑了一跤，也不知道是不是被人撞的。总之她哀哀伏在地上很久没起来，也没有路人上去扶一把，因为这样的事在这样的年头里算是很不祥的。然而老母亲真的太老了，加上过年时也没有好的医疗条件，在医院里没几天就彻底断了气，断气前也没有留下什么重要的话。这场灾祸虽让人懊丧不已，可都怪老太太太爱自己去买菜，九十岁仍然不妥协、不放权，谁说都不理会。最后死在了买菜的路上，鞠躬尽瘁。

她提的菜篮里，有老夏最爱吃的走油肉、芋头和笋子。他一直爱拿这个下酒。放在平日里，老夏会陪同母亲一起去菜场的，不巧的是那天早晨他便血外加腹痛，人没有一点力。起来只喝了点酒，就晕晕乎乎睡觉了。他还特地关照母亲只许去菜场一楼，不能上二楼。母亲很听话，没有上二楼，可没有用，她没有再回来。

知道噩耗的那一瞬间，是老夏这一年来精力最好的瞬间。他感觉到周身的血全涌到了脑子里，这种感受过了青春期就再没有过了。除了为佑琪就再没有过了。他冲到医院时甚至忘记了自己也是一个病人，大叫"姆妈姆妈"的时候，差一点就恢复了病前的元气。只是，不知什么时候又碰伤了手臂，两条血淋淋的胳膊弄得医生的白大褂上滴滴答答红殷殷一片，简直吓坏人了，不知道的人还以为是医闹纠纷。保安气势汹汹赶来时，医生一个劲对旁人解释说，"快救人啊，他没打我啊，不是我的血。"老夏也一个劲对旁人说，"我没事啊，别管我了，快救我姆妈。"

是这些日子，母亲总觉得老夏太瘦太瘦了，于是更加拼命要去买菜，最终才出的事。她不知道老夏已经不能乱吃东西了，但老夏什么也不忌，母亲做什么他就吃什么。姐姐们只能偷偷把她的菜拿去丢掉，转来跟母亲说，是老夏偷吃了。母亲听到是老夏吃下去的就很高兴，可惜老夏一直没见胖，相反眼见着一天比一天瘦弱，他的睡觉时间也显得太长，要不是瘦得几乎快没有肉的屁股硌到了硬邦邦的床，他还能一直睡下去。皮肤的问题比大肠更瞒不了人，老夏就一直对母亲说，他这是皮肤过敏、皮肤病。没有人会死于皮肤病。但母亲终究不放心，虽然不知道怎么回事，心里可十分着急，一急就出了大事。反而什么也顾不上了。所谓撒手人寰，大概就是这个意思。

　　在母亲眼里，老夏在皮肤坏掉以前，一直是像孙道临一样帅气的男人。母亲死后，大概再没有人会觉得他是孙道临了。老夏和母亲感情最好，理应是因为他是家里唯一的儿子，来之不易。他来了，父亲就重病走了。家里只剩下他一个男人。他像在一个女生寝室里住了一辈子，四个女人挖心挖肺宝贝他，他却中了邪一样，不计一切代价去宝贝别人的女人。在漫长的、稀里糊涂的磨炼里，老夏可谓最懂女人心了，知冷知热，知疼知心，还知分寸。女孩子都挺喜欢他，但她们又都表示，不能陪他一生一世。她们仿佛很需要他，却又不能彻骨爱他。唯一能做到这种爱的，大概只有母亲。母亲只吃老夏一个人的马屁，心疼他一个人的冷暖，母亲还说，如果不是老夏一直没结婚，她早就想死了。因为老夏不结婚，她只能拼命活到一百岁。她给他买菜做饭、帮他拿洗澡的衣服，心甘情愿。老夏就帮她洗脚、擦身，换家里电风扇的叶片，通下水道里的淤泥，两人说说笑笑，不幸福里有大幸福，不安稳里有大安稳。本来以为这样的日子会因为老夏的病而结束的，母亲却率先撒手人寰。好在，她一直到死都不知道，她其实没有和老夏离得太远。老夏后来对母亲的死不算太难过，恐怕也是因为这个原因。他知道自己很快就会见到母亲的，这样的话，两人的好日子就又能接续上了。

三个姐姐在母亲的大殓上哭得死去活来，老夏却没有哭。他一个人怔怔地，坐在告别厅门口发碗和毛巾，让大家签到。其实他心里也挺难过的，主要是没有力气再太难过了。他必须定定坐着，以保证不会瘫倒。他只有笑一笑的力气，哭一哭是哭不动了。丧礼上又不许人笑，于是他最拿手使用的武器没有了，这就看上去有一点尴尬，有一点木然，又有一点凄伤。

追悼会的事，老夏也通知了佑琪和樱桃。但佑琪说，最近她们家正忙着给樱桃置办婚礼。因为樱桃也不小了，又生了一场大病，工作也不安稳，总归还是嫁了安心。难得对方的父母都是小学老师，蛮好的。错过了以后就没有了，感情就是这样的。老夏于是说，没关系的，还是结婚要紧。老夏知道旧年里母亲伤过佑琪，骂得不好听。于是她冷冷淡淡、不乏客气礼貌的语气，也是可以理解的。她从来就没有真的懂过他的痛，就像他也不懂她为什么死也不肯离婚。就算樱桃的父亲帮过她回来这座城市，那也是多久以前的事了。这样的事，无论当年有多重要，现在的人都不记得了。现在的人什么都能不记得的。

不过仔细想来，其实她们母女真来了大殓只有更麻烦。老夏的三个姐姐都讨厌她们。正因为母亲和姐姐们数十年如一日地讨厌着佑琪和樱桃，老夏反而不好意思讨厌她们了。这些年来，他和她们常常见面。姐姐们却从来不见。母亲也不见。她们都知道对方的存在，也知道老夏这一生的原委，她们那里永远没有宽恕。于是终于死生不复见，大约也是好的。

仪式结束以后，樱桃来信说，晚上要来家里看他，给他送请帖。

老夏说，"小姑娘，我不好来你的婚礼了。因为举丧之家，总归不吉利的。你也不要来。"

"那我就来看看你。想你了呢。"樱桃又说。

老夏于是就感到很安慰。好像这么多年没有白疼她。他也不能为她的婚礼做什么事。他也没资格做什么事。樱桃那个连她生病住院都无法下楼探望的父亲，这回会不会下楼参加她的婚礼呢，他要不去，樱桃倒是蛮尴尬，明明有两个爸爸，却像没有爸爸一样。老夏稍微想了一想，又觉得自己不应该再期待什么了。这辈子快要走到头，应该要知足，毕竟有那么多人还是对他好、喜欢他的。毕竟佑琪还说，晚点会来看看他。见一面少一面。年轻时这么说是因为爱，如今倒是和爱没什么关系了，说的是实在话。元宵那天，鞭炮放得震天响，白天几个姐姐轮流来给他做饭、洗碗、吃药、擦身。晚上老夏一个人睡觉，抿了一小口酒，想到许多从前的事，很难过的。

佑琪跟他说"我要结婚了"以后，还特地嘱咐他，"以后不要喝太多酒。"她好像并不知道，他就是因为她才开始喝酒。最后虽然没有拥有她，却和酒过了一辈子。年轻时的老夏给她写信，说喝过的酒像她能看到的黄河水那么多。那一年，老夏十八岁。佑琪大他两岁，好容易插完队回来，却不肯跟他结婚了。他给她写了多少信，失眠过多少夜晚，盼星星盼月亮像盼一个奇迹般等她能回来，结果却变成那样，任谁都接受不了。佑琪刚回上海时，老夏还每天都去她厂里等她。透过窗户看她的头顶心。老夏原来以为佑琪不知道他看她，后来佑琪说，她知道的，所以故意把头发吹得高一点。老夏说，"高一点好看。"佑琪就笑笑，她不太笑，这一辈子都不太笑。于是笑起来就特别难得。像樱桃的眼泪一样难得。

佑琪不太会回信，但老夏知道，她变了这件事一定是很突然的。佑琪从前虽然一直这样冷冷淡淡，但什么事都是依着他的。她相信他，照顾他，甚至保护他，至少她也从来没有讨厌过他。关于这一点，老夏直到今天依然确信。他就是被这种迷人的确信耽搁了一辈子。再后来，他也不用再等了。佑琪怀上樱桃的时候，老夏问过她，到底是谁的孩子。佑琪说不知道，不想生，要打掉。是老夏硬要她生下来的，他不能再让佑琪失去一个孩子了。他说，我一辈子不结婚也会要孩子的。老夏没有食言。每一个字都做到了。他以为生下孩子，就是希望。他对孩子好，就是希望。他没想到樱桃那么乖巧、可爱，从不吝惜说想念他、喜欢他。她像是佑琪的补偿。直到后来老夏甚至有点忘记了，为什么会有樱桃，忘记了自己到底还想不想和佑琪永远在一起。

"永远"没有他曾经斗胆想过的那么长。很快就要到了，才知道爱她也不过三十年。

三十年真短。

四

佑琪和樱桃一起出现在家里的时候，老夏真真吓了一跳。

他以为她们中的一个会先来，这大半辈子，她们总是这样，有先有后有默契，很少同时出现。一个人先来，就说另一个在家陪那个男人。这也提醒着老夏，这么多年的对峙，他始终不退出，那个人也始终没放手。老夏曾经希望她们同时在家出现，而不是佑琪隔三岔五来陪他睡一觉，或者樱桃逢年过节来跟他撒撒娇。那种和风细雨的日子，有时是挺好的，有时又起腻、戳心。其实老夏更希望他们三人什么都不做，只要笑眯眯地坐在一起，就会比较像一家人了。能过个年也是好的，可惜从来没有过，他们从来没有在一起过年。只在那些不重要的、数不清的日子里，他们好像是一家人，又好像不是。有一度老夏真的以为，只要他一直等，时间久了，他们能成为一家人也说不定。但后来，这个愿望变得越来越不重要，老夏甚至很久都不曾想起来过。愿望依然是那么生生不息，却遥不可及，只是真的不重要了。所有的幻觉，在酒精的作用下都能显得格外幼稚。酒比人成熟。

老夏的母亲，就在墙上冷冷看着他们三人。这令老夏有些不知所措。他特地把母亲的遗像搬回自己家，把娘家的房子留给了三个姐姐。他只说了一句，"把我和爸爸妈妈葬在一起。"姐姐们听完就哭，他就笑了，笑她们总是这样不中用。可再不中用，到头来老夏还是要靠她们。她们是母亲留给他最大的遗产。毕竟，老夏在这里也住不久了。接母亲回家来，只是为了心里好受些，母亲是因他而走的，是他这一生里唯一对不起的女人。除此以外，就只有女人欠他。

老夏没想过母亲会眼睁睁看到他们三人团圆。她在天之灵也不知是喜是悲。她一定会哭成一个泪人，替老夏不值。老夏真想爬梯子上去把母亲的眼睛蒙上，可惜这病令他很难起身来，当一个灵活机动，可以调度生活的人。人一旦身不由己，就只能想开些。母亲这一生也是很辛苦的。她是为他好，她从没想过他的身体载不下普通人的福报。没有天伦之乐，开心每一天也是实惠的。

"这就是我的'过房'爸爸。"老夏听到樱桃对人这样说，还不及反应，樱桃就扑到他床前问，"爸爸，你上次不是说很快好了吗？你怎么还喝酒呀！你的衣服怎么红通通的。你要不要去医院啊？"

老夏心头一颤，愣得说不出话来。这是第一次，恐怕也是唯一的一次，他听到樱桃突然喊他"爸爸"。这太可怕了，远远没有旧年里悄悄想过的那样动人。相反这太可怕了，他想过无数次，没想到这一点也不甜。他觉得樱桃好陌生。是不是女人一旦结了婚就会显得比较陌生。

樱桃伏着的这张床，她的母亲佑琪睡过无数次，又匆匆走，冷冷的背影里，有老夏从来没看懂过的苦衷。老夏如今睡在这里，却像个废人一般，这真令他懊丧。他只能努力不去想她，活活地将这张床睡成了坚硬的病榻。床上的每个角落、每一寸都硌得他骨头生疼。他的睡衣上隐隐渗出血来，洗也洗不干净。姐姐们已经用真丝的布帮他擦身了。就怕弄痛他，弄伤他。唯有她们还是真疼他，为他掉眼泪。然而，他这辈子太爱姐姐们了，怕是一生的软肋。母亲、姐姐、佑琪，他熟悉她们每个人的气息，她们的笑、她们的精怪，她们的拿手菜，她们说什么他就信。她们都为他好，这多美好，若是身体好一点的话，他一定不会像现在这样感到迫人的孤单。

"爸爸。"另一个男声喊道。

那是谁呀，怎么会有男人的声音呢。老夏心里堵得透不过气来，想说是不是癌细胞已经转移到胸里了，是肝还是肺呢。最近也不是第一次发生这样的事，他瘦瘠，肚子却一天天变大。所以，气接不上来，好像也不能怪她们母女出现得太突然。

眼前的那个男孩子，老夏睁大眼睛，实在看不清楚面目。能不能把樱桃托付给他，老夏更是心中没谱。可年轻真好呀，想到自己年轻的时候，三十岁那年，已经不知道多少个夜晚辗转难眠了。现在的小孩子都不会这样了吧，也不会这样傻。岁月对下一代人总是更通融些。

"樱桃啊，夏叔叔对不起你，你看我这样子，也来不了你们的婚礼。你们，永结同心，白头到老，好哇？"老夏苦笑着说。

谢谢爸爸。

两个孩子说。

佑琪站在床边看着他，一点一点地掉眼泪。老夏也看她，像他们年轻的时候一样。他最看不得她掉眼泪。每次佑琪一哭，老夏就心软了。他想，要是他早早就要死了，不知道佑琪会不会愿意陪他一段，全心全意那种。这样的话，一辈子也不会像现在这样尴尬。

"樱桃，是夏……是这个爸爸，当年一定要我生下你的。他享不到你的福了。但是你长大了，要做大人了，你要永远都记得，他是世界上对你最好的人，比妈妈对你还要好。"佑琪说。

"你不要这么说。"老夏说，"好端端的，怎么突然说这些。"

"你都不知道，你刚生出来的时候哮喘，痰卡在喉咙里，差一点就要死了。是夏……爸爸帮你吸出来的。你从小学上到中学，我忙得要死要赚钱，也是夏爸爸帮你去开的家长会，帮你去报名补习班。每次你生病、最需要人的时候，妈妈顾不到，夏爸爸都在你身边。最早给你零用钱的人，最早给你买手机的人，最早带你去旅游的人，都是他。就连最近你动手术，也是夏爸爸每天在照护你。他不应该照护你的。他自己的身体那么不好。人又那么不开心……"

"我开心的。"老夏打断她说，又看着樱桃，笑了。"夏叔叔愿意的。你长大，我很高兴。你以后也要开开心心的，好好过下去。但我大概看不到了。但你还有妈妈。还有爸爸。你一个人也没少。"

樱桃此时也嘤嘤哭了起来。但老夏觉得，她是因为母亲的话才哭的，并不是真的想哭。他太了解这个女儿了，即使不是亲生女儿，她的一颦一笑，远远看不清楚，却也能嗅到一二。他知道她什么都懂，她特别好，让人羡慕、心疼。

"夏叔叔走了以后，这个屋子就送你。好吗？'过房过房'，这样才真的是过房。"老夏浅浅一笑，我已经写好遗嘱了。

"老夏。"佑琪擦干了眼泪。走到窗前，也替他拭去汗水。

老夏又痛起来了，这种锥心的病痛无疑是要提醒他，他还在这个世界打拼和煎熬，像那么多年这样过来，携着泪水，渐成河道。

五

老夏的葬礼，佑琪和樱桃都没有出现。但樱桃的父亲来了，拄着拐杖，站得远远的。在场没有人认识他，或者认识也不方便介绍。晓芳于是跑过去问他，你是来送老夏的吗？他就笑笑，说是的，特地来的。晓芳说，谢谢你哦。他说，没关系。

老夏的屋子是大姐名下的。按说他没法处置，但从分家、拆迁至今，过了二十多年，他一直住在姐姐的房子里，像一个没有成年的弟弟，受人照护。但他还是留了一封信给姐姐们，说"樱桃是我的女儿，樱桃无辜。如果你同意，我希望把房子赠给她。但是，要在她那个父亲百年以后"。

大姐看了那封信，也给妹妹们看了，她们都觉得莫名其妙，但还是纷纷落了眼泪。"戆笃，"她们说弟弟，"神经病啊。"她们说，"谁认识他们啊。搞来。"

于是，老夏终于和父亲、母亲睡在了一起，安安静静。他是家里最小也是唯一的儿子，理当比家里的其他人更早一步团圆。千言万语，没有人再记得了。冷冷的佑琪，甜甜的樱桃，以及"那个男人"，他终于下楼了，是为了老夏，老夏人做得好。可人做得再好，也不会百分百周全。毕竟墓碑上，也是没有习惯说要写"过房"这一脉。

双双燕

"但愿借点小地方

　　暂避大雨和风暴

　　等待雨过天晴朗

　　咱们又向他方跑……"

一

　　清瑶早晨醒来的时候，阳光已经漫过脚边。音响中自动开启的广播节目若隐若现，持续了快一个小时。她隐隐约约听见又是一年来临，热闹非凡。网红文人的贺词中有斗大的错字贻笑大方，北门南鲲鲟代天府又替人民抽中下下签。全球黄金价格震荡上涨，全市蔬菜水果价格也小幅调整。这也难怪，今天以前，大雨已经很久没有停过了。

　　这一小片阳光因此而显得久违、珍贵，清瑶身边并没有别人，她一个人凝神看了一会儿这个只剩下她一个人的卧室，那么明亮，不计前嫌，有些怅然。每天只有这段时光，她特别想终止这种生活。但只有短短一念，十分不成气候。她只觉得闷，起身随手点了香。

这些年，他们两人好像在演一出老戏，这出戏的名字有时叫做《风怀二百韵》，有时又叫做《盛世恋》。总之不怎么得法，又充满了感伤，他们都失去了最初相爱时攒在心中的一点勇气。"勇气"这件事太久违了，简直是幻觉，令人想念，计较也是。他们好像都变了，变得平静异常。

变化的端倪，也并非真的无迹可寻，一点一滴地，他们越来越不在意自己在对方心中的形象。他们还原成最本真、最固执的那个自己，也将对方还原成一种知己知彼、却可以被接受的失望。日复一日、搭伙生活，十分友好，长辈们所说的"相濡以沫"一定就是这样的。硬要追究起来，仿佛什么都可以追究到鸡飞蛋打。但若不去追究呢，则也能当做什么事都没发生，当一天爱人撞一天钟。听说，很多男女都是这么过生活的。更多的人连这样的平静都没有福分拥有。如果人生只剩下十年，倒也不失为一种"撑下去"的动力。可无病无灾，这一分一秒地度过就近似折磨。

正月初十，伯恩又出去买花了。清瑶心想，她曾经是多么努力忘记这个日子，如今居然习以为常。她有时会想，也许她第一次将之"习以为常"的时候，就是她不再爱他的一种昭示。只是，这么重要的日子，她居然还是忘记了具体是哪一天，真是遗憾。心如死灰的外观，居然和无怨无悔也能有点类似，婚姻的化学反应总是很奇妙的。

清瑶昨晚还特地提醒伯恩要早点睡，以备第二天要早起。伯恩听后心情愉悦地说，"你怎么脾气变好了那么多"。她哭笑不得。其实再往前一步，她已经可以说出，"因为爱你的人太多了呀"这样的俏皮话。她有时不去说，只是因为她并不想迎接随之会来的、多此一举的深吻。她同一个死去的女人计较什么呢？

正月初十过后，就是开春三月十八，伯恩会去找他另一位前女友叙旧。那一位不比正月初十的这位，是嫌贫爱富嫁去豪宅的。她在结婚前一周哭哭啼啼跟伯恩说，我们再出去玩一下吧。伯恩于是提议去某某城际山庄，她说"喔那家我去过。"令伯恩耿耿于怀至今，作为纪念，他隆重地送了这位小姐一个书号，可惜卖得并不好。郁结至此，他还是坚持要去和她叙旧，年复一年，吃牛排或者喝咖啡。他似乎是要观赏自己的挫败，又或只是看一眼在更好的包装下，爱过的人会有多美。这个伤感的故事，伯恩是在那家山庄里跟清瑶说起的。清瑶第一次听到的时候，几乎心如刀绞。在这心如刀绞中，又充满了种种理性的疑惑。这些疑惑，可惜现在的她已经一个都想不起来了。

再来，就是九月七日，伯恩最年轻的前女友，是他当年做兼职夜校语文老师时候的学生，这在如今看来不是什么大事，在当时其实也没有引起注意。有一款女学生，终身志业就是走一条"师母之路"……伯恩对此感到内疚，觉得是不平等的身份断送了爱情。他如今不做老师，也于事无补。人家不爱他了，人家只是有点"孝顺"。清瑶心里这么想想，觉得很解气。但解气过后，她还是在想，他怎么还不回来呢。扫墓又不是唱KTV，一定要唱满钟点才不算吃亏。

有些沮丧。清瑶费力地爬起身，洗漱，忍耐着饥肠辘辘，将卧室的枕套、被套拆下，连同沙发上、浴室里的种种布匹，一股脑丢进阳台里的洗衣机，再次除旧迎新，每周都要彻底地除旧迎新。"下次给你找个煤球来洗。"她想起伯恩常常在别人面前这么嘲讽她。阳台的地砖上嵌满了她的头发、灰尘，以及不知从哪里漂进来的枯叶，普洱茶饼遗落的琐屑，这些复杂的"垃圾"，她每天都要踮脚才能走过，每天都感到嫌弃。实际上，清瑶实在需要一台能够使她走到阳台的无线吸尘器，一台令她不必弯腰的拖地机，或者……与伯恩分手。这些事她提过很多次，但伯恩都不同意。伯恩说，他会处理好的。而后一年又一年。他总是这样，让一切重要的问题闲置一边，这实在不失为一种解决难题的方法。拖啊拖啊，好像问题就会没有了。

他没有错，许多问题的确被这样拖没了，但感情也是。即使伯恩是发自内心不相信这个世代小家电的迅速发展，已经远远超过了他的年纪所曾认识过的世界。伯恩身上的一切，就像一台开机需要十分钟的台式机 DOS 系统，一张崭新却没舍得用过的跳舞毯，一盘未拆封的卡式磁带，一张令人肃然起敬却束手无策的 EVCD 光碟片……他以为清瑶向往的一切都是浪费的、梦幻的、不经济持家的、故意与他作对的。他觉得她心理有病，那种病是小家电解决不了的。但他从不追问这些病的来由，他知道这和他脱不了干系。

总而言之，如今清瑶生活里稀少的乐趣，就只剩下为洗衣液胶囊挑选最合适的颜色或者气味，譬如洋甘菊、薰衣草、郁金香、佛手柑……用到不顺心的洗衣球，她还可以做主早点丢掉。那是低于分手、拖地机、吸尘器的决定权，却在稀少的瞬间，也会令人心情舒畅、忘记烦恼的。

"洗衣服最好用还是水晶肥皂。"清瑶听过伯恩对别人讲，她很讨厌他说这样话时候的表情，她早就把伯恩买的六块装水晶肥皂藏在闲置的花盆里面，她打赌伯恩一辈子也别想找到。六块装的水晶肥皂，现代人大概可以用上半生，当今肥皂减肥可是比人减肥还要难上一点。但这些话她不敢跟伯恩说，也不屑跟伯恩说。她觉得，就连便利店店员都比伯恩更了解她的喜好，了解她的情趣。

"你今天不吃焦糖肉桂卷吗？"譬如店员会微笑着问她。

"我胖了点。"清瑶轻声回答。

"怎么会，还是很可爱。"如果年轻十岁，清瑶会觉得店员一定喜欢她。就像她曾经以为伯恩喜欢她一样。

二

清瑶"离家出走"这些年，外部世界的各种景气正"有感"地变差。便利店的平价咖啡优惠眼睁睁从买一送一，到第二杯半价，到第二杯七折，到只有美式咖啡第二杯七折；电影院的打折票也从出示会员卡到出示身份证……总之万事萧条都起源于日常便利的减分，"小确幸"被生计煎熬着杀戮，人的心地就变得暗淡起来。这种世道的降落很古典，轻缓而体贴，并不粗暴地露出生计的锋芒，故而带着轻飘飘麻醉的意味，体谅却总不是好的兆头，而更像是一种惩罚的缓期执行。天气冷的时候，机车车轮经过地面的声音会令清瑶想到生活中种种狼狈的摩擦。但显然，最激烈的冲突，清瑶努力使自己忘记。

临近三十岁才要开始学习生计，到底是早是晚，其实也没个定论，人各有命吧。有次清瑶问伯恩觉得她喜欢他什么，伯恩随口说："有吃有喝嘛。"她知道他在开玩笑，因为他说完以后很快就睡着了，但清瑶仍然感到刺耳。她可以不在乎这种评价，换得日复一日平稳地度过。但正常女人，听到这样的话，心总是会痛的。

二十三岁那年，清瑶经过了一些重大打击，而后，与其说她爱上了伯恩，不如说在那个时间，他们刚好遇到，伯恩暂时包容了她不愿意成长的任性。他也许也不是真的"包容"，而只是没将她内心的山峦沟壑与弯曲褶皱放在心上。他的天地早不是被清瑶一个人所占据，也不会被任何人占据，他就喜欢自己被真真假假的感情包围的幻觉，这令他能一点一点地爱上自己，并顺便赚一点钱。总之一旦走入男人的天地，女人最好不要再极目远望。望得越远，自己就越渺小。

伯恩说"有吃有喝"这件事也不算切实，清瑶出来之前给他的账户汇了一笔家里的钱，虽然几年过去，早成一笔糊涂账。有时清瑶会想起外婆从前爱说的，一分钱掰成几瓣用的生活哲学，但仔细想来，又不记得细节，用不上。清瑶想到自己如今捉襟见肘的处境，超市都不敢多去几次。她想起鲁迅在小说里写，"雪花夹着烟霭和忙碌的气色，将鲁镇乱成一团糟"，仿佛是心里的原乡、心里的凛冬。但生活哲学毕竟不是生活美学，而仅仅是一种"说服"学，它掩盖着日子快要过不下去了，又或者，"没话说""说不清"越来越变成一句极有用的话，可以治心病，缓解日常中惘惘地不安。

伯恩放在抽屉里的钱越来越少，清瑶有时需要到零钱罐子里去挖出一下来对付一下她一个人的早午餐。伯恩去年趁着电影市场好卖了一个剧本，于是两人表面上依然经济地维持着原有的生活水准。该喝咖啡喝咖啡，该看电影看电影，这也不是什么大花费。只是在清瑶说想要回趟家的时候，她对着眼前这个人会居然开不了口。他方才在比萨店发了大脾气，又或者申请的文化补助被拒，信用卡逾期未支付打电话给银行交流不畅……每天都有很多理由令她开不了口来主动打破生活的惯性。

上周母亲对清瑶说，父亲的保外就医依然没有被批准，但他的健康状况十分不佳。母亲又说，爷爷去年还回老家扫墓，一个人静静地看着墓园，今年自己就躺进去了……母亲还说，过年好好照顾自己，就不要来回奔波了。"问伯恩新年好。"母亲最后在短信里说。但清瑶没有转达。她几次从家里拨出"006+86"都在最后的通话音时卡断了。她害怕听见母亲的声音。留下来和返回去对她而言都一样艰难。她有些后悔没有早些坚强起来，挺过那些糟糕的事情，如今再要硬撑，越来越显得力不从心。

譬如最近清晨醒转，清瑶总是想起家里光景好的时候，神采奕奕的父亲带着新礼物回家送她。外面流行什么，她就能得到什么。手机、MP3、PSP……而后她把许多尚可以用的东西都过早地淘汰了，不是嫌弃颜色不好，就是容量太小，或者……仅仅是因为心情不好。可父亲出事后，一切都停止了。雪花夹着烟霭和忙碌的气色，稀释了动荡本身的匆忙。清瑶的人生并不算因此停滞，只是有些东西永远凝固了。这种凝固，她又花了好几年才知道，谁都解不了套。

有时清瑶也想给自己找一份工作，但她能做什么呢？她全部的智慧，都用于替眼下的日子认认真真地"丧气"。她始终没有从几年前的那场风波中爬出来，她有时不相信自己已经成年很久，不相信自己应该像那些无聊的女孩子一样打扮得风姿绰约到办公楼里盖章、填表、假笑、做PPT。她也想过要回老家，离开伯恩，像一个普通人一样重新开始，找个年纪相仿的人结婚生子。她如今的生活闷到窒息，青春却快要散场了。

在这个无比重要的日子里，伯恩大清早就出门，下午还像模像样要赶回家陪清瑶看电影，风尘仆仆。但无论他承诺什么，清瑶都深深地知道，眼前这个人早起一定先去了花市，选了最熟悉的那一家花店，最实惠那一捧纪念鲜花，要送给自己年轻时的恋人。老板有时候会送他一枝别的什么，挂在车上。而后他会绕去离家更远一些的加油站积分加油，换一包纸巾，再从容上路。俗话说，"无利不起早"，但这些年，清瑶完全没看出这件事中的"利"之所在，她还是太年轻了，以为一切都是感情问题，而不是仪式。不知道"仪式"这件事距离虐待会那么近。清瑶有时觉得自己并不只是和伯恩在一起生活，还要连同那些按照农历日历排序的女孩子，以及久未见面的负疚的父母。这种相处是跨越时空的，唯有她的内心能容纳了他们同时存在于一个梦魇。也恰恰是这件事，令清瑶对自己感到厌恶。

下午的电影院熙熙攘攘，这也难怪，今天以前，大雨已经很久没有停过了。天气太好的缘故，出来玩的人大都在户外活动。草坪、气球、风声、机车声将一座热闹的城市布置得其乐融融，因为太过和谐反而令人心生疑窦。伯恩和清瑶一起看了一部作家传记，伯恩太累了，很快就在一边睡着了，轻轻打鼾，并不算惹人讨厌。清瑶知道醒来他一定会说，"还挺好看的呢，我们晚上要吃什么呢？"

"我们晚上要吃什么呢？"就连这样的问话都令清瑶不堪折磨。语气如此磅礴，选择却十分稀少。有性价比的那一些总是人满为患，脾气不好的伴侣常常和服务员发生争吵，贵的不考虑，再便宜的例如刀削面或者大馄饨……才是最终的归宿。她连多要一份泡菜，都会被轻蔑成癌症高发人群。电影中的那位女作家站在海边，对死去的丈夫说，我比你小那么多，但现在，我是你的姐姐了……清瑶有些动容。这大概就是一生一世了，一生一世这种程式化的折磨里充满了疲倦的鼾声，咸涩的海浪声，与白日墓园中看不见的陌生女人的气味。

三

"我想回家。"黑暗中清瑶推开伯恩求爱的手，轻轻地说。

"好吧。"很快她就听到了一个简单的回答。

两分钟后，清瑶又听见了他人的咸湿旧梦，勾连着沉睡与醒悟散出的魔幻之音。

"……一个儿画堂鼓乐多热闹，

一个儿病榻呻吟未忍观。

一个儿参天拜祖成眷属，

一个儿玉殒香消一命捐……"

她不知道自己算是哪一个。

再见到伯恩时，算纸上重逢，清瑶居然有了一个属于自己的书号，像一个礼物。伯恩凭借一本长篇小说，终于获得了一个不大不小的文学奖，他人到中年，算有晚运，真是可喜可贺。即使回到了故乡，清瑶还是注意到了远方辗转传来的这件小事。伯恩的故事写得委婉、摇摆、暧昧，但只有清瑶能看到这背后的机巧，遮掩着他悉心呵护自己、激赏自己的意图。他笔下的暧昧只因他根本不了解清瑶的内心，他沉浸在自己混乱不堪的过往感情中难以自拔。

小说写了一个内心十分痛苦的中年男作家，不断地出轨或者意念出轨，保护着年轻的妻子。他的妻子神秘莫测，父亲因贪污入狱数年，但年轻的她对这段经历三缄其口，就连电话也不往家里打。男作家迷恋着她的三缄其口，以为这中间有天大的政治阴谋，这能令他通体兴奋。而她委身于他，也在看似寻常的婚姻生活中不断搜集他的日常、情史、他的思想……她并不是一个共产主义者，而更像一个巫师。她会将肥皂埋在花盆里，在丈夫不在的时候，在家里点两种不同味道的香……她热爱与服务行业的男士调情，对食物毫无品位，对性也毫无热忱……但中规中矩，她任劳任怨扮演了看似平常的妻子，直至仿佛任务完成一般，她毫无缘由地离他而去。令男作家感到印象深刻的记忆在于，她曾主动要求陪他去初恋情人的墓地祭扫。在六年前他们一起尴尬地同去过一次之后的每一年，他知道她都先他一天去到墓地。因为她用的香极其特别，他认得。

妻子离开以后，他也没再去给那一位旧情人送过花。

哀眠

一

　　我的好朋友鲁西，自从和她现在的先生李智在一起之后，就彻底从网络上消失了。然而这四年中，我们中的大多数人，都已经不再玩人人网、开心网等等幼稚的校园社交媒体，不再浏览全国各地的校花照片和她们不为人知的奇情艳遇。饭否关闭之后，新浪微博迅速崛起，这种感觉好像颇有心计的歌手抢了别人的歌曲登上春晚先声夺人，总是善阴谋者得天下。手机微信替代了从对话框群发免费简讯、通知全班同学什么时候开班会的飞信，MSN 协同那些年我们一起暧昧过的对象退出历史舞台，没有备份，就是没有发生，像我们小时候崇拜的壮士余纯顺最终命丧罗布泊，他说了一句当时我听不太懂的话，"天空没有痕迹，鸟儿却已飞过……"我不知道鲁西怎么看待这四年来通信世界的变化，我是挺伤感，但耽溺于原地惆怅。而她则义无反顾去结婚了。我敬佩她不顾一切冲刺婚姻界的实力和勇气，毕竟术业有专攻、隔行如隔山。

李智的出现颇有一点空降的意思，后来我想想，那大概就是所谓命运。大学时候我们很久都没有想起过这个人了。他在临毕业时不期而至，带着鲁西中学时写给他的贺年片，说"我怕我下一次回来，你已经嫁人了"，款款哀切摄人心魄。鲁西自然天旋地转，连我都有一种快要失去女儿的心酸与欣慰。古代小说里这种从天而降的深情公子大多是不祥的预兆，但爱情的美妙就在于它的风险制造蜜糖。我和鲁西高三时，香港方才开始向内地招生，吸引了一众状元弃北大、清华的头衔于不顾，踌躇满志奔赴资本主义社会的核心圈，每天喝着校内打折的星巴克咖啡看恒生指数，而我们则还在成群结队拿着锯齿边缘的优惠券吃肯德基三块五毛钱的鸡汁土豆泥。李智是这些内地生中不那么优秀的一位，却到底赶上了那班神秘的车，为自己今后的人生镀上第一层金。我们上海人，大抵是不把欧美东洋以外的地方放在眼里的，若能考上上海的一线院校，那么去不去香港，足以开一次家庭会议讨论前程细则。更何况，李智去念的那一所，在香港的大学中只排中游。那时虽然大家都知道香港比内地好，但要赢过上海人的心，到底是不大容易。很多年后我听凤凰卫视一位领导到我们学校宣讲，说起他有个朋友的女儿考上我们大学和港大，开家庭会议讨论何去何从，他大吼："想也不要想，去香港！"痛心的气势吓死人了。但显而易见的事，上海人就是很犹豫的，怕吃亏。

李智在那时到香港念书，颇有一点先锋的意味，像一个安安静静"吃螃蟹的人"，是读过书的"阿灿"，乖巧且带着仙气。而躲在避风港上海滩里的我们，却又都不算特别了解他，还以为他承袭了玻璃之城的浪漫姿仪、腼腆温儒、赚大钱、吃大餐、笑傲江湖。凭着闺蜜们只添乱不负责的劲头，许多姐妹在听说李智珍藏鲁西少女时期的信笺之后都一股脑地劝说鲁西和李智在一起，说什么真爱可遇不可求、千年等一回。当时我是反对的，但我也没有什么资格反对。我也不懂什么叫结婚。

鲁西是我的老同桌了，我们手拉手绕操场走过的路，恐怕现在她和李智都没有走完。中学时我就一直不明白鲁西到底喜不喜欢李智，她总在考试前大骂他，放假前又问我要不要联系他。鲁西听粤语歌、崇拜 TWINS 和张国荣，但说到香港，又总归显得暧昧踟蹰。这种心理上的反复无常、七上八下，我年纪渐长后才逐渐领悟，那就是女人的爱。爱就是说不出，就是摆不平，就是要你猜，又怕被你猜透。我很喜欢鲁西，像喜欢自己的亲人，哪怕她有缺点，任性、虚伪、反复、自恋……大学时候我替她打水、刷晨跑卡、帮她买礼物送给男人、帮她圆谎、帮她偷电、帮她擦地板。她和李智去香港、澳门、海南、丽江……全说是和我住在一起，她结婚那天，鲁西妈妈穿着新做的旗袍对宾客说："这是我女儿的闺蜜幻雅，她和我女儿一样很喜欢旅游的，两个人去过很多地方呢。呵呵呵呵呵呵。"

鲁西妈妈的笑声传来不久，我就听到屋外有老男人的声音在哭。那是李智的爸爸，吃醉酒抓着自家亲眷的手说，"我儿子不争气，我儿子结婚太早，我们花了那么多钱，他竟然还是把婚结在大陆，呜呜呜呜呜。"我不知道鲁西的家人有没有听到那位老先生发自肺腑的哀切，那一刹那我有一些不祥的预感。我觉得人是不应该结婚的。

那个婚宴，我是最后一个走。

最后一个离开他们在建国饭店酒宴配送的一日婚房，那张奶油蛋糕色的婚床上铺着成色不那么新鲜的玫瑰花瓣。鲁西明显有点醉意，抹胸小礼服一点一点向下沉降，满脸像涂了卸妆油似的云云溶溶。她笑着对我说："阿雅你走吧。谢谢你来。"李智则递给我一个红包，我婉谢，他硬要给我，说："没事的，那么晚了，你可以打车。"

待我真的打到车，在后座意兴阑珊地打开哪张喜庆的大红信封时，发现里面只有十块钱。

二

　　那时我正在替一间民营出版公司翻译一本如天鹅绒般轻盈的女性小说，换取微薄的稿酬聊以度日。我不喜欢上班，像不喜欢李智一样，直觉那是一种难以言喻的毁灭。但鲁西新婚当日，我还保有天真地对自己发了会儿脾气，难以发挥成年人的情商对于精神生活的管控，我记得自己烦躁得很，连字典都懒得翻，查 Google 翻译又总觉得不可靠。我真想冲到那间房里对李智说，鲁西也喜欢过别人的，你们没有看起来的那么好，没有司仪说的那么青梅竹马！也想对鲁西说，你妈妈在笑的时候你公公在哭，他是个很惹气的娘娘腔。你老公给了我十块钱叫我打车，他兄弟顺走了二十桌的你家供的囍烟。但这些乱七八糟的事，也不知道是出现在梦里的思辨，还是我真的挖心挖肺这样讲过。我很快就失去意识，酣然入梦。

　　直至凌晨三点，我忽然接到鲁西简讯，萤蓝的光射在我脸上，她问我"出血怎么办"。我睡眼惺忪回她："你没有卫生棉吗？"她又问："现在还有便利店开着吗？"我答："你不会洗一下吗？"她说："进不去怎么办呢？"我答："用力咯……"

　　而当我早晨恢复意识想起来这番对话时不禁毛骨悚然。为了证明自己不是见到鬼，还特为翻找了手机简讯记录。然而的确如此，我的确是在深夜和那两个极品发生过这场糟糕的婚内对话，那甚至让我觉得，李智是一个不折不扣的幽灵。这种古怪的询问带有惘惘的厄念，像是在试探我或者邀请我，我也无法反驳那些年他们打着我的名义在全国四处旅行是一个怎样的谜语。我没有证据证明李智是个坏人，但这前前后后的纷扰至少让我觉得，鲁西完蛋了。

　　我也完蛋了。

　　新婚过后紧接着就是一场别开生面的答谢会。李智邀请了我们中学同学在一间海鲜餐厅吃饭，却没有吃到海鲜，不过是一些平常的小菜。他穿着一件圆领的T恤，外加一条沙滩裤，脚蹬一双夹脚拖。鲁西则穿着一袭婚礼上没来得及穿的金色礼服，高跟鞋，头上还箍着一个银色的后冠似的东西。鲁西甜蜜地说："我叫他穿西装的，他不肯。"我看着鲁西那个盛大的样子，忽然觉得她好惨。我记得有一年学校开毕业舞会，她也是这样小小的个子、罩着一件精美的袍子，设计了发型，甚至纤脸，光彩照人。我则是一贯灰头土脸，从来不将毕业当做什么事。考大学时我将鲁西的志愿复制一份，她念外文学院的新闻，我没考上新闻，就念英文，她的第二志愿。升学于是就像是换一间教室上课，我和鲁西，只不过是要分班。

李智从学校毕业前回来找鲁西，外国电影一般传奇，鲁西则像真的等他多年般满脸憧憬，这令我忽然觉得，我们之间的友情是多么不可靠。我太不了解鲁西了，而我在李智面前，更是不战而败。李智转而在香港继续读硕士班，两地相思，有一段日子，鲁西骤然变瘦。我请她吃饭，她远远从餐厅门口走来，左顾右盼。朝她方向走过去一位年轻男士，就顺利将她的小身影彻底盖住了。她问他路，我却觉得只有男人，而看不到她了。我和她之间，永远隔着一个将她彻头彻尾遮住的男人。

许多这样的细节我都懒得去想，但人生在世，伤心总是难免的。

鲁西在婚后一周突然哭哭啼啼打电话给我，我正在出租屋里过滤网店买来的咖啡。这次电话不是午夜惊魂，而是在真切的大白天里，她约我见面。

问我借钱。

她委屈地说，婚礼的钱是她娘家所出，说好蜜月归李智负责，他却恬不知耻为她订了一间连锁酒店的标间，一个晚上才一百四十块钱。

"他到底爱不爱你啊？"我心里想。

"他到底爱不爱我啊！"鲁西哭诉。她泪眼汪汪的样子特别像是某种卖萌的小动物，会将你的心融化成饺子馅。当时我很想问她那个深夜简讯的事，但后来还是忍住了。在鲁西的婚姻生活中，我是外人，我连观光客都不想当。

"如果连蜜月的钱都要我爸爸出的话，我会自杀的。我太对不起父母了。我真是瞎了眼。"鲁西继续说一些重话，以扩大事情的严重性。

我答应了她，并把出版社给我的预付金交给她。那也没多少钱，无非是让他们七个晚上不必住在一个背包客住的地方。鲁西破涕为笑，像个孩子。而我就像是她的另一个妈妈、爸爸，或者是某种亲人的角色，还是比较衰的那一种命。然而，那个糟糕的晚上过后，我决定换一种方式生活。我也不想自己会完蛋。

"我只跟家里人说我们去七天，但是我们打算去十四天。那之后我要跟李智去香港买东西，我就说后来你去了香港，我们临时决定来找你玩哦。这样我就可以不用那么早回到李智爸妈家住了。"

"好。"我说。

"你写张借条给我吧。"我在心里补充道。

但我只是默默撤下了一个微单相机的订单。

三

香港到底有什么光环呢。其实我一直都搞不懂。是年我在湾仔小住，我的另一位女友每月花费一万三千港纸只租得到一张床三面靠墙的小公寓。我向窗外眺望鳞次栉比的高楼像一根一根香似的祈愿天公作美，庇佑苍生。但在那个地方，有的人显然一出生就知道自己无论怎么努力打工挣钱都不可能住去半山的千尺豪宅——这个豪宅恐怕还不如幸福家庭出身的鲁西童年时所住的一半大。烧香也没有办法解决。

那一刻，我有点想穿梭时空隧道回到那个糟糕的婚礼现场，告诉李智爸爸，李智不当港漂不是鲁西的错。大部分正常人都不愿意住在香港那么小的地方，还要被人看不起。

鲁西婚后就不太上网，也不太接电话。我只打通过一次，她说她在买菜，回去还要帮公婆做饭。又说最近在找新工作，李智父亲不喜欢她加班，天天要等她吃饭，等她洗碗。如果她晚归，他们就不吃。他们不吃，在证券公司工作的李智就会生气摔东西。

挂了电话以后，其实我也不知该说什么，我也不知有没有资格说什么。

于是，在众目睽睽之下，我以一个业余翻译、兼职写手的身份，不断在他人的爱情地图上旅行、消费、观光，在别人口中，日子过得也还算不错。我可以决定我做什么工作，或者不工作。也没有人会因为我晚归而绝食。也可能是我长得不那么好看，也不懂交际。我复制鲁西的志愿表，冥冥中也改变了人生。我学外语唯一的用处，就是不去使用它，只去学习它。有一次我陪同国外的版权代理人去剧院看戏，坐在后排的两位上海阿姨毫不避讳地说：

"咦？现在那么难看的小姑娘都能找到外国人啊，这些外国人心肠倒是蛮好的。"

"你晓得吗，为什么，难看的小姑娘能找到外国人。因为，难看的人，从小没有人宠，所以比较会学习和人沟通。好看的人大家都去跟她沟通，她就不大懂沟通。"

"对对对，有道理的哦。"

我羡慕欧巴桑们的年纪，希望自己一觉醒来就有了那种可以指点江山的魄力，从而不再避忌。我要比当年那个被咨询怎么做爱的女生要成熟一点、坚强一点，如果我不是那么"难看、懂沟通"，那李智和鲁西对我就不是羞辱，不是试探，而是真心实意地当我作 Google 百科。

这些年来我每天相处最多的是机器，每换一台笔电，就差不多更新一种聊天工具。聊天工具有时像人一样，都有令人眷恋的好，又有致命的缺陷。有些聊天工具，可以看到对方在什么时间"已读"，但她就是不回复，就让人不舒服。盛产牵挂的功能机器都让人难过，像甩不掉的前男友，就像QQ空间中的"最近访客"一样，充满了情感疑云。但鲁西结婚以后，至此从网络世界消失，我不知道为什么，或者忠心耿耿于婚姻的人真的不需要上网，不需要更新自己的空间，不需要打卡吃了什么东西。如果没有孩子的照片，也不需要刷屏他们有多可爱。

告别 MSN 和 LIVE SPACE 以后，我从青春期以来全部的情感记录都变成悬浮在空气中的魂灵。我也开始有了自己的，各种各样的"李智"，她们有的像鲁西，有的也不像。人与人的缘分总是长长短短，像削铅笔。越是适切，消耗越是大。但在鲁西结婚的那四年中，上海经历了政府换届、通货膨胀、金融危机、房价飙涨，越来越呈现出各式各样前夫的脸。这样的社会，让太多美女们哭泣，对我反倒是像一种额外的福利，令我可以安安心心做自己的事。令我可以安安心心喜欢各种各样的人，却不必要奉献自己进入"大团圆"的牢狱。

我最近一次见到鲁西时，是在李智母亲的葬礼上。我见她两次，一次穿着旗袍，一次穿着寿衣，都是人生大场景。

鲁西作为家中媳妇，形容枯槁，看起来比李智还要哀切。

她瘦到好多人经过她时，都被完整挡住，然而我忽然觉得，这也没有什么好心疼。

我问她最近好不好，她向我使了一个眼色，轻轻说："还好，我就是好想睡觉啊！他们做七，都不让我睡觉。"

真惨。

我心想。李智则是真的悲伤，好几次冲到玻璃棺材前大呼小叫，又被殡仪馆的工作人员拽开："你有毛病啊，眼泪不要掉进去。我们很难弄的。"他于是又平静些，像个受罪的孩子。只是，多年前那种神秘的光环不见了，他还是那个我心目中中学里的少年，普通得不能再普通。一点也不像是在香港待了七年，快要领到永居证、脱胎换骨的那种人。有的人出去了，回来，变成另一个人。有的人出不出去，回不回来，都是一种人。但我知道，那张身份证，对鲁西来说，还是重要的。她爱他的一切。他的呆、吝啬、懦弱、惆怅。

所有男人的好，都被我放在显微镜下用力地看，以至于什么都没看到。

我交了一个白包给李智，劝他节哀。那一刹那，我好想对他说，"不用客气，你们可以用去打车。"四目相看时，我甚至有一点点紧张，我想我真的不是他的对手，而他也挺可怜的。如果他愿意将他们蜜月的钱还给我，我会希望他们真的白头到老，胼手胝足。

那个晚上，我睡得特别安宁。我想到我和鲁西许多小时候的画面，我替她做的事，她对我的笑。这样有节奏却无声的影像，简直是一曲漫长的挽歌。

那是属于我一个人的道场，没有人死去，而我圆然哀眠。

故

人

有一年夏天，我忽然接到一个电话，一个中年人告诉我他是我朋友的父亲，要约我见面。那些日子我已经很少见朋友，听手机里的人说话都觉得过于大声。我蛰居老家几日而已，并没有充裕的时间展开社交。但因为，我的那位朋友已经过世五年，一切才因此而显得有些不同，过于郑重，甚至不容许日常生活中适度的任性与推诿。

　　我们约见面的报馆大楼，我很熟悉，我曾经在那儿工作三年。本以为会更长久些。也是在相似的溽热季节里，我曾经走过一场婚姻，也以为会更长久些的，而后我继续在此上班、下班。同一年报社倒闭，我签完最后一个版离开报馆，连傍晚照集体照都没赶上。自始至终，我都没有成为一个有正式报社编制的编辑。我的人生翻来覆去地自证着竹篮打水，套用时髦的形容就是"那一年冬天好像比往年都冷一些"。但对我来说，那时的挫败并不算太可怕，不知不觉中也就流水而过。因为无论有多掉漆，我都有重新开始的年轻做依傍。

更因为隔着时间的关系，旧年风雪反而如胶片般显露出温柔的一面。

但这一切那个中年人并不知情。

他还特地站在报馆所在的巷子口等我，以为我不认路。

虽然我很久没来这里了。上一次来，整栋楼还没有建立起无线网络，不会在我焦虑联机时提醒输入工号密码。听说有一种微末的悲哀像去前任家发现不再能自动连上网，这也无妨，我记得那些年里在本栋27楼的一间小办公室，我每天开机就要花费1小时又33分钟。所谓上网，也不过是驻足在首页的"上海热线"，但凡点开任何一个大胸微笑女子的脸，它将再度重新展开那1小时又33分钟的循环。

然而如今，一楼长廊里那些光荣墙上的辉煌奖牌、领导合影，居然都已经拆掉了，只留下了一个个洞洞眼。在我心里，我还清晰记得他们的顺序、位置，他们光彩的余威，他们的音容笑貌。我曾在一个月内密集的深夜里，为他们每一个人写过小传，这些生平被翻译成英文高价印刷，收录于报业才俊的年鉴。因而如今，当他们所有人的命运，终于变成一个一个洞洞眼时，我心里的乌云还是难免更为沉郁了一些，就仿佛我真的有什么情感上的关碍，好像我该为此感伤。

"这里是老报社了，以前很热闹的。现在大部分都租给其他单位了，只剩下我们几个部门还在运作，我常说这就类似于老干部处。你这个年纪知道我们国家很多单位还有的老干部处吗？你爸爸妈妈大概是知道的。跳跳舞，唱唱歌。"

我没有说话。见他捋了捋头发，用手臂给我指引方向。明明是很灰暗的路，他却大步流星走得特别有气势。我紧跟其后，努力在脑海中回忆我朋友年轻时的样貌，和他的样貌之间的关系。像又不像。

其实就连朋友的脸，我也有些想不起来了。

在这间充满烟味的会议室里，也许上演过许多传奇。在我童年里盛名之下的报纸，不知为何会有如此萧条的一天。他打亮了所有的灯，开了冷气，还从脚边一箱子塑料膜里掰出一瓶矿泉水给我。我说"谢谢我有"，于是从包里拿出另一瓶水，又忽然觉得有些不得体，这么多年我一点没学会怎么与人相处不尴尬，我越发觉得这世界上的人大体分为两类，一类是怕尴尬的人，一类是不怕尴尬的人。带水，也是我走进这栋报馆工作后才累积来的习惯，那会儿我从校对做起，每周负责看48个版，三遍清样，忙时根本没有时间倒水吃饭，因而包里总有一小瓶没有灌满的矿泉水，和一只很容易手握的冷鲑鱼饭团。每天下班，也唯有望一眼评报转载栏上划满荧光笔笔迹暖暖心，即便热闹是别人的，或也能让我感觉到自己走的路，可能还是有希望的。

我以为这些记忆我都丢失得差不多了，却不知为何此时此刻显得格外清晰。就连27楼的洗手间里哪一扇门更容易真正关上的报废经验都蹊跷地复苏了。我记得那年我的工资是1300元，领导在厕所斜对面的小会议室里告诉我，如果我能念一个在职研究生回来，就给我加300。话音刚落，我就听见男厕所重重的摔门声，那一定是外人不熟悉，差点被故障门闩锁在便池，吓坏了。我还怀念我们当时的会计，对我特别好，我每个月去领工资条，她都对我说，"要吃小核桃肉吗？你太瘦啦。"

"那，你们两个是怎么认识的？"他像一个面试官般问我。

"其实不太认识。学校里见过几次。她来参加过我组织的诗社。后来她忙，就不来了。"我认真地回答。

我也忙，最后诗社很快倒了。

"我看到你在报上写她的文章，说到我们反对她写诗，又说她给你们投稿让你不要说出去。其实这些事……我们也很后悔，她业余时间写写诗歌，我们为什么要反对。早知道她人生那么短，还不如让她做些自己喜欢的事。"

"您节哀，"我说，"但我不是那个意思。她很孝顺，从小就很尊重你们的想法。她也很优秀，她后来的工作，也比我好很多。"

"你最后一次见她是什么时候？"他问。

"大四吧。"我说，"我在学校礼品店打工，她来买东西，告诉我去了烟厂工作，福利很好。"

"是的，是我帮她找的呀，费了很多力气，起薪就有8000。但她才工作一个月，就走了。太快了。本来说好新单位一定会重点培养她，她成绩很好，又会写写东西。"

"你也不要太难过了。"我娴熟地接道，这话对别人说最轻松了。

"我和她妈妈两个人都在媒体工作，我们理所当然是不同意她从事这个行业的。我们眼睁睁看着，心里也不好受，但纸媒早晚要完。在中国要做新闻，也没什么大意思，小姑娘去国企最好了。你说对吗？"

恩。我知道了呀。我心想。

"我想你是听得懂的，我一看你就知道。"他贸然地说。

其实早几年要是有人这么跟我说就好了。

我们在寡淡的一言一语中，逐渐建立起了稀薄的、不可靠的共同话题。一旁空调风吹得我膝盖疼，水又凉，万千不合时宜，都只得忍耐。我很难想象他特地打电话叫我来报馆，仅仅是为了听我说说已故女儿五年前的往事，我和她女儿还不算太熟。有一刹那我也试图绞尽脑汁说些什么有意义的、煽情的话，但最后也不过是说，"其实我一直很后悔没有单独约她吃过一餐饭。那时我们常常会在校园里遇见。"

有时她身边有男友。有时我身边有男友。因而我们只是远远地笑笑，并没有走近一步。

"这没关系。不怪你。"他仿佛代替五年前的她原谅了我。

要追缅一个自己并不熟悉的人，所有的情绪都需要过度地调动。我甚至费力想起了那时候万分不济的自己，都不足以彻底地悲伤起来。好像我白白活过这五年，有些对不住这个眼前悲伤过度、衰老哀愁的中年男人。

"你知道，我逐一见过提到过她的所有人，包括你。你不要害怕，我甚至还找到了当年暗恋她、她暗恋的中学同学。我曾经以为我们无话不谈，我引以为傲，我觉得我们的父女关系非常好，非常非常好。但后来我发现，事实上这五年来，她还是有好多事没告诉我。我每年都会知道新的事。"

虽然五年没有发生新事了。真不容易。

"这都不重要了吧。"我试图劝解他。"我跟我爸爸什么事都不谈。面都见不到。"

"重要啊，重要的。我想听听你们记忆里的她。像你说了她参加社团，我就不太知道。譬如有一个男孩子，我觉得是我女儿一直最喜欢的人，从中学到大学，他们一直只是好朋友。我女儿一定很失望，他从来没有对她表白。后来在灵堂上我问他，你有没有喜欢过我女儿，你跟她说，最后一次跟她说一说。她妈妈在旁边踢了我一脚，但是我没有睬她。"

"灵堂上……后来呢？"我问。

"后来他说，我们是好朋友。但是他哭了你晓得吗？他真的哭了。"中年人眼底骤然闪烁起来。

"你怪他吗？"我又问。"他那时还小吧。我也见过这样的男孩子，葬礼上。"

"他不懂，那种就是爱。我在他那个年纪也不知道这就是爱。我现在知道了，他爱我女儿。"

好吧，也许吧。我心想。少年时哪怕不尽如人意的爱也要比如今的爱更真诚一些。从某种意义上来说，他也没有错。他们都没有错。

"最后我让他写了一封信。头七那天，他来我们家，我看着他亲手烧给她。我想她一定知道爸爸也帮过她了。至少帮她问过一句了。"

嗯。

"你有男朋友了吗？"他忽然问。

"没有。"我说。

他好像有些遗憾的样子。

"哦，我结过婚。"

他很惊讶，突然又看似理解地没有再问下去。

"那你比我家女儿要经历得多。"他若有所思地喃喃自语，"我女儿是没有结婚，也没有做过人，就走了。"

我有些尴尬地笑笑，从未感受如此词穷，可好像又的确如此。这五年来，一部分的我死去了。一部分的我活着，活得也不太好，只是活着。

但面对眼前的那个人，我实在开不起生死的玩笑，只能费力地追忆。我记得我第一次见到她时，她穿一件红色格子衬衫，扎着马尾辫，整个人都笑盈盈，有些憨甜。我当时不懂事，看人看出身全看身上看得见的 logo，现在才略微习得一点神态背后的谜语。

我一生都没能在那青春最后的三年五载憨甜过。即使年轻的时候，不是没犯过傻，也不是没吃过糖。但到底是尘埃里滚打过的皮实，挫败里的伶俐。初见面时，我不算太喜欢她，但也不讨厌。她热情地告诉我我们高中时参加过同一个夏令营，我的确参加过，但寥寥数语就带过了，"哦你也在那个夏令营呀"……这一带过，恐怕就是缘分深浅的生死抉择。那个夏令营，其实对我们都挺重要的。她保送上了我们大学，而我认识了我的前夫。

退社时，她还特地跟我说抱歉，说她坚持不下去了，太忙了。文学啊，都是业余生活。也许是吧。很快我也终结了那个不济的诗歌社团，现在简直像从未亲手成立过，然而我们的确是通过它才相识的。它倒了，她也不在了。很多人都是如此。

那几年家里出了些状况以后，我开始忙于打工。而她，听说很快当上了学校的学生会干部。我们注定是两个世界的人。但我从来没有忘记过她。就像从起跑线一起出发的人，数圈以后，身边不是没有人，而是没有了认识的人。这样偶然路遇一个，就会很珍惜，哪怕在场外看到一个认识的人经过，也会很欢喜。

但这样好好的欢喜，为何会戛然而止呢。

"我的人生啊，彻底完结了。还没有过完，但彻底完结了。"他继续说道，"我们白手起家，培养这样一个孩子，我费了多少心力，动了多少关系，最后却这样。一场空。"

谁不是呢。

"你知道她生病前，要求出去租房子自己住。我刚装修完家里的新房子。但她要这样，我是同意的呀，我这个爸爸开明吧。她和几个一起毕业的男同学合租。一般人家不同意的吧，我也同意了呀。怎么会这样呢。五年了，我都没有想通，就算轮为什么会轮到我。我打拼下来那么多东西要留给谁。"

做编外新闻人员低薪起家男女合租倒也不是什么新鲜事。但我知道他的意思，也为他难过。

"她走的时候有痛苦吗？"我问。

"没有，一点没有，睡过去了。痛苦的是我们。"

"她妈妈还好吗？"我又问。

"不怎么好，我觉得是抑郁症。表面上我们夫妻看起来比人家夫妻更好，但实际上我们已经不是真正的夫妻了。"

他点了根烟，才终于将自己和这间喷涌着寒意的屋子融为一体。

我有些尴尬地笑笑，不知道怎么接下去问或者答。

"你知道吗？五年了，我甚至去找过代孕，我还来得及，我可以重新来一次的。报社倒了，但我还有家。但是她妈妈不肯，她吓死了。我们现在不是夫妻，就是亲人。我如果离开她，她就要去死。我不能让这个家两个人都在墓碑上。你能理解我的痛苦吗？"

一点点能。

但不知为什么，在这个并不太合适的时候，我倒是忽然有些想起我朋友的脸来。如果说之前我还有一点哽咽，略带着礼仪的制约，那此刻倒是有些尴尬的释然。我想，她在天之灵看到这一幕，不知是何感想。我忽然有些想念她。

"每一年，我都把她的同学、好友、她喜欢的人和喜欢她的人叫到我们家，一起过年。有的人来来就不来了，有的人一直坚持来，到现在，还带着女朋友来，我都欢迎。"他继续说道。

"她在天之灵知道你为她做这些事，一定很安慰。有你这样的爸爸，她也很幸运。"我说。

"她是很幸运，但现在，我已经不只是为了她了。我这个当爸爸的要做的事，五年前已经做完了。我之所以要这么做，是希望大家不要忘记她，怎么可以忘记她，我们什么都没有了。你说呢？"

嗯。我点点头。

"你结过婚，却没有为人父母，你不知道这样的痛，有多可怕。我每次夜晚伸手去抱她妈妈，她都用力地把我推开。我女儿还小，她走时不知道，她现在大了，和你一样大，她如果真的有在天之灵，她就都知道这些。她不帮我，也是想我们永远记得她，只记得她。是吗？"

我想否认，但也不知从何否认起。

"没人的时候，我就一直哭。人家都觉得，我还没有走出来。我觉得不是的，我是失望。人生怎么还有那么长。"

"或者你可以把她写下来，会不会好一点。"我其实没认真在建议。

"是的，你懂我。我想写一本书。我以前看不上写作的人，但我现在真的想写一本书，想把我的痛全都写出来。我太苦了。"

他抖尽了烟灰。像一种人情世故上的告别。报社倒闭那日，领导也是这样掐灭了一根没怎么吸的烟蒂。我离婚那日，在民政局门口，前夫让我去买瓶水，我包里有，但我还是去买了，这是他最后对我说的话。过马路时，我手里握着一瓶水，感觉他从我身边经过，再也没有回来。

"对了姑娘，你有 We-Chat 吗？过年了，一起来我们家吃饭吧。"临走时他忽然说。

"我 …… 不太用。"我抱歉地说。没敢看他的眼睛。

你心里有花开

一

　　每天清晨，肿瘤医院电梯口的排队盛景，在这一带已是闻名，乍一眼看上去，真像旧年里弄堂口打豆浆油条的场景，又或者是逢着中秋节庆前的鲜肉月饼摊。香喷喷、油腻腻，日常的秩序里带着一日之计最初的期盼，全然光明的，一点不哀愁。若去的时日久了，就会知道，无论是电梯标示的哪一层，电梯门打开时瞅你第一眼的病号，很可能明天就见不到了。他或者是走了，又或者是永远地走了，即使他看起来比恹恹窝在病床上的那一些人要有希望。这也没什么，老话里说，商人重利轻离别，其实这里才是。

　　有个女人的声音常常穿插于此间，在电梯门尚未关闭时。"关什么关啦哦哟，讲过不听的，开着不要动！"有点凶相，众宾客只闻悍声不见其人，满满当当都空等着，谁都不知缘故。数分钟后，才会突然涌入一些或咬着苹果或咬着餐饭的女人，年纪都不大。她们看起来是这栋大楼里最皮实的人了，没有心肺。雪雁遇见这事情好几次，全没细想，她从年轻时候起就最讨厌坐电梯，受不了这种升降的压迫感。好在一辈子也没条件住进电梯公寓，落得太平。

尤薅的床位是靠窗的。她第一天见到雪雁就说，"侬帮我倒点水好哇？倒在暖水壶里，不要去用热水瓶。"她每次都这样说，嫌鄙医院里人人都用的热水瓶不干净。她连热水瓶都受不了，更不用说病房的公用马桶、洗手台。人都瘦成一根竹竿子了，夜里肚子痛醒上厕所，都不忘记拿一块小方巾，在马桶圈上擦一擦，最后再扔掉。这些白色的小方巾，都是雪雁带给她的，源源不断。尤薅很喜欢，问她都是哪里弄来的那么多小方巾，雪雁说，"喏，我们十几年来到饭店吃饭的擦手巾，每趟你都叫我带回家，汰汰清爽擦玻璃窗，你记得哇？那么多年积少成多，没想到现在正好派上用场，我都帮你消过毒了，不用再烫，你放心用，有的是。"尤薅听了就笑笑，轻声说："他们都邋遢得要命，你不要看他们人不像人，都是病的。这个毛病走得快，床的轮替也很快，都是托关系才进得来，每一个都是。"雪雁不在乎他们，也不在乎关系。短短两个礼拜，她已经见过几个好端端走着进来的人，突然就没了。上午没的，下午床位就来了新的人。但雪雁故意不去记他们流动的脸，她心里一直都相信，尤薇和那些人是不太一样的，命数也不会一样。

雪雁是和尤薇弟媳一起轮班照顾的，下午尤薇的老先生会来陪，周末有儿子。一切都是尤薇做的主，仿佛除了病魔，世界什么都依着她，她还要一个劲地体谅上班的儿子。现在的小孩，雪雁看也看不懂，不知道他们在想什么。譬如尤薇的儿子峻峰，尤薇人院第四天做穿刺时，他就说："姆妈我累死了，我要去健身房跑跑步。"尤薇痛在身上，心下又舍不得儿子，这才拨了雪雁的电话，说："你听了千万不要着急，这下是我要找你来帮忙了，本来我谁也没说，又不是什么好事。"雪雁听完脑子一片空白，挂了电话就哭了一场，喃喃自语："怎么会这样的啊，她那么好，那么好。"雪雁哭着哭着血压就升高了，紧赶慢赶跑到医院，满腹的悲恸欲绝。尤薇见到她却没什么表情，不过是软软地递了个暖壶给她，说，"雪雁来了啊，帮我灌点热水。"那会儿，她还说得动话，脑子也煞清，冷静得近乎薄情。她对雪雁说："迭只毛病真叫顶顶讨厌。开刀最多两年，不开刀就一年。很多很多都是三个月的。我觉得还是不开好，开刀我真的吃不消。我老了，体质也不好。我又不是农村里出来的，平日里也不锻炼，身体搭不够。"

上海话里说"顶顶讨厌"，多少有一点娇嗔的意思，雪雁第一次觉得发噱的话原来听来那么凶险，心里一阵寒凉。其实在雪雁看来，一切都是从尤薤做了胰腺穿刺过后才真正开始的。穿刺以前，尤薤还会偷偷回家洗个澡，甚至入院第二天还带感冒的老伴去自家医院里看病拿药。但胰腺发了炎后，几天不能喝水进食，她真正像个病人了。尤薤发着烧，又多日禁食，人像根折断的筷子一样佝偻在床上，过年时见到她时已大不一样，甚至入院时也不一样。一米六八的高个子，只剩下八十几斤肉，多数像是饿出来的，而不是病出来的。胰腺到底是什么啦，雪雁也不是很懂。就是依稀记得，二十年前有个女邻舍就是痛死的。痛死前一直骂老公，"你有什么用，房子也是我单位给的，女儿也是我在养，医药费也是我单位出，我死了你们怎么办，生恶毛病的怎么不是你。"但那个女人也是个好女人，身体好的时候从不这样说话，她唯一的女儿在她过世那天昏了过去。最后只读了中专，要是她活着，女儿怎么样也能逼上高中的，她那么要强。雪雁想到这些陈年旧事就眼睛红了，她有多少年都没有想到这个邻居了。人死了就都被忘记了，人最无情。仔细想起来，紧急的时候，那个人还帮雪雁接过女儿、落雨了帮雪雁收过衣服，除了她，再没有别人帮过雪雁做过那些事。现在雪雁的女儿也三十岁了，二十多年来，雪雁居然一想都没想过她。春夏秋冬、喜怒哀乐里，那个人早就像被橡皮擦滚过一样消失殆尽。没想到终于记起来的时候，雪雁才突然有一点懊悔，觉得有些对不起人家。

想起来，这对苦命父女搬走很久了，如今旧屋子出租给了外地人。房东是谁，雪雁其实也搞不清楚。

尤薤还帮雪雁解释，这个病只要开刀，就是八个小时的大刀，连着脾、连着胃，身上至少要插六根管子，怎么吃得消。预后也很差，隔壁那个开好的，就差一根导尿管没有拔掉，有天上厕所，憋了一憋，大出血走掉了。输血5000cc，没救过来。

"马桶啊，他们后来是擦过了，"尤薤说，"但我还是用了你的小方巾，再擦了擦，才敢坐上去。洗澡也是啊，等他们都洗完了，我就都冲了冲……"尤薤说到这里，好像忽然又痛起来，皱着眉头，就不再说话了。

那个人，雪雁三天前还见过，她努力回忆了一下面孔，像是记得的，以为他快好了，后来没遇上，以为他出院了呢。

雪雁来不及伤感，只幽幽地说："唉，是要冲的。清爽点。心里也舒服一点……"像安慰尤薤，又像劝自己。

护士来换针，举着瓶子问："叫什么名字？"尤薤紧闭眼睛，雪雁帮着回答了。护士说："家属是吗，做过CT以后你们还欠着3800块钱哦，明天不付钱的话，没有药了哦。"

尤薤艰难地翻了个身，还是不说话。雪雁略有些尴尬，就说："知道了，会付的，你这个医生怎么这样说话的。"

二

三十年前，躺在病床上的是雪雁。相帮灌水的是尤蘸。老话里说，风水轮流，大概就是这个意思。

尤蘸帮雪雁接生的时候，两天一夜顺转剖，雪雁痛到撕心裂肺，身边刚刚好一个亲人都没有。她吃痛，没有像别的产妇一样嗷叫"男人都不是东西""谁再生小囡谁是猪"。雪雁本来就不想结婚也不想生，丈夫临走前留下了这样一档子事，她从得知怀孕的第一天起就不知道是喜是悲。痛到麻木的时候，雪雁觉得自己这样赤条条地蜷在一汪不知道是血水还是羊水里，是老天让她体会女人终极的命运就这样寒凉。如果真的这样死在手术台，也没有什么好怕的了。雪雁脸上汗水夹着泪水，模糊一片。下身恍惚有风吹过，带着刀尖。

尤蘸当时没比雪雁大几岁，几次想问又不敢问，最后还是问了。"送你进来的人呢？"

雪雁答："我妹妹有点残疾，妹妹也在生，她比我要危险，家里人都在妹妹那里照顾了。"尤蘸问："先生呢？"雪雁说，"……又到日本去打工了。"尤蘸是直肠子，还想问，看雪雁虚弱又可怜，终于忍住了，只给了她几块饼干说，"干净的，我自己吃的，你好坏塞一点，不然一会肯定没力气。"

雪雁怀的是女儿，许多事也没什么可问，尤薇见得多了。但尤薇心里想，像这样正正经经又真没人照顾的女人是真作孽，像自己。早十年尤薇生儿子的时候，父母早逝，老公调到北京，婆婆在外地照顾同时要生的弟媳。大家都觉得她到底是医院的人，总会有人照顾的。她生完看到一堆衣裤耀眼地堆在床下面盆里，一阵心酸，但咬着牙没有哭出来。眼下的雪雁就像把她的人生演了一遍，尤薇对她说："你也不要想太多了，过了就好了呀。还好母女平安。"像是在安慰从前的自己。

"那个……我来帮你洗，要是你没有替换的话。"尤薇补充说。雪雁听了一愣，转头没有忍住，倒嘤嘤哭了起来。边哭还边说，"尤医生啊我没什么可以给你啊。"尤薇就笑了，说："你怕什么啦，我自愿的不可以啊，对了你妹妹是怎么回事啦？"

"年纪小的时候失恋，跳楼过。摔坏了。"雪雁还在哭，像是在难过。

"人没死哦。"尤薇说，"呵呵，那么你倒有的苦了。"

雪雁听罢哭得更凶。这样的话，从来没有一个人跟她说过，无论多难过，她都觉得自己没资格那样想。但雪雁心里怎么会不知道呢。往后的三十年风雨里，她熬过了离婚，熬过了父亲病逝，终于把女儿拉拔大，已经不再会因为怕别人觉得自己不够懂事而不敢想任何事。她苦了那么久，到头来终于可以说，这一世人生里寥寥就这么一个人是从头到尾真站在她这边可怜她的，如今这个人要走，雪雁实在舍不得。

如今雪雁问起尤薇："你有什么东西要我洗吗？"多多少少牵带着三十年前的恩情，但眼下的尤薇，倒是已经虚弱得看不太出来到底是想到过从前，还是只顾得上眼前。雪雁对女儿说，"你尤薇阿姨老早接生你的时候，人生得多好看的，一双大眼睛，尖下巴，人又高……"女儿呛她："姆妈，你生我的时候怎么盯着人家医生的脸看。"

她是不会懂的。雪雁心下叹息。生她多不容易，她却不知觉。尤薇是第一个抱出女儿的人，帮她洗身体，也帮自己。孩子小的时候，尤薇从家里拿出自己的旧衣物，给女儿做尿布。逢年过节里，雪雁总要带着女儿去尤薇家住一晚，尤薇也会带着儿子到雪雁家里玩。那些年里，日子虽然很不好，但真是平安。雪雁有时当尤薇是大姐，有时敬重她是医生，有时又只当她是最要好的朋友。她不知道尤薇当她是什么，她一直以为自己也不在乎。

"妈妈要是生病了，你会去健身房跑步吗？你会去旅游吗？"雪雁问女儿。

女儿想了想说："你这么问肯定是希望我说我不会的咯。"

她是真的不懂啊。雪雁心想。

但她也不怪她。儿孙自有儿孙福。

女儿忽然问她："妈妈，峻峰哥哥不是很有钱的吗？怎么会让尤薙阿姨住在这样的病房里，乱哄哄的，都是病人在叫的声音。厕所又脏，还有家属甩着湿头发进病房吹吹风机。"

"你不要小看这些人，他们都是托了关系进来的。"雪雁转述着尤薙的话，也转述着尤薙的语气。但另一句，是她自己打听来的，"顶楼的 vip 病房要15000块一天。那里只有这两种病房。你说怎么办。"

女儿撇撇嘴没有回答，转转又去自顾自滑手机。其实雪雁自己也不知道该怎么回答。这些难堪的问题她都不细想。尤薙性子急，刚进医院的时候就说过，把自己的钱花完就不看了，老伴的钱都留给儿子。她雪雁相帮尤薙去办了大病医保，也是尤薙自己想到的。尤薙有时看似皱眉昏睡，但会突然意识到什么就立即打电话给儿子："姆妈股票慢点都退出来交给你了，你和你爸爸什么都不懂，早点弄好我就放心了。"但雪雁知道，她永远放不落心了。

这样的事发生很多次，往往，雪雁只能在一边沉静地剥芒果、枇杷、猕猴桃……尤薙有时吃一口就不能吃了，赶紧叫她连皮带壳都带回去，自己又蜷过去睡，全然不顾礼貌。

雪雁替她温水、洗碗勺、冲热水袋……两个人有时什么话也说不了，就你看看我，我瞄瞄你。雪雁心里有些难过，灌水的时候，洗毛巾的时候，忽然眼泪就流下来了，但她咬着牙对自己说，不要害怕，要对她好，要珍惜。

三

　　现在的医院，都不许病人多住一天。尤薷化疗完的当天就回家了，峻峰已经请了阿姨做饭。照例是雪雁与她弟媳轮班，两人一天隔一天，几乎碰不到。尤薷的老先生，从先开始怔怔木然，到后来也陆续沉静下来。这一生他没学会照料自己，尤薷有精神的时候就一直数落他，他就挺着骂，让他做什么就做什么。有时他在阳台里看看花，一言不发。有时上厕所时间很久。这些场景，雪雁仿佛二十年前见到过，又仿佛有那么一些不同。

　　过年的时候，两家人吃过最后一顿团圆饭。是年恰好轮到尤薷家做东。那时尤薷已经暴瘦，雪雁买了一件真丝披肩给她，她硬是不要。说现在瘦了穿在身上晃里晃荡，不像样子，叫雪雁带回去。雪雁也不肯，想好是送她的新年礼物，只是没想到尤薷忽然瘦了二十斤，穿总归可以穿的，两人推来擦去很久。尤薤断然说:"你这个人就是这样,你有发票就去退了好了,我不要你的东西。"雪雁听了就有一点伤心,本来无所谓的事,尤薤不喜欢她也可以自己穿,但尤薤说这样的话,像是在辜负她。雪雁只得收好衣服,有一点热脸贴冷屁股的错觉,当时委屈得差一点就要哭出来。要说罪,雪雁真的不是尤薤对手。

尤薤其实也有点下不来台,就忽然从抽屉里拿出一个围脖,看起来像是貂。她拉过雪雁的手,摸着说:"硬哦,不灵的呀,儿子买的,肯定又被人骗。难看倒是不难看。"雪雁忍过那阵鼻酸,硬说:"好看的好看的,儿子心意呀。能想到就很好啊,我女儿都想不到这么细。没结婚真真都是小孩子。"

"那我也不会戴的。痒。"尤薤抱歉地笑笑,像是在暗示雪雁这两件事的关系,这件事就能算过了。

如今尤薤自己说,年前其实她已经住到自己医院检查,一切正常,独独漏掉一项,是因为地段医院没有检测机器。都是命。雪雁说,"那个时候查出来就好了哦。"尤薤答:"好什么,也是一样,这个毛病顶顶讨厌,查出来早,也是化疗、开刀,开了刀,预后也很差。我过年的时候跟你说,查下来都正常,我大概还可以活十年,现在看起来,大概就一年了。缩得像洗过的纯羊毛衣裳了。"

雪雁不知道说什么好。就相帮尤薤按按被角,垫好枕头。

有时候尤薤叫她打开衣橱，拿出哪件衣服包好，多数也是旧年里雪雁送给尤薤的。大的有披风、大衣，小的有围巾、丝巾。尤薤知道雪雁报恩，她自己下手也很重，雪雁给她的，她都加倍还给雪雁的女儿。现在她想到什么，叫雪雁带回去，雪雁一争都不跟她争了。有件大衣，尤薤叫雪雁拿出来包，雪雁一声不吭地折好，尤薤又好像反悔了，说："这件我还蛮喜欢的，你前年送给我的。我只穿过两次，今年里只穿过一次，也没有洗呢，过年的时候，我就用干净的布擦了一擦。我想想，你和你女儿都没我高，大概也穿不了，算了，你还是帮我放回去。慢点叫他们……再说。"

雪雁于是又透开，放回原处。她想到尤薤省略的话里有些什么呢。"烧给我？"还是别的什么。雪雁没忍住，背过身偷偷地哭了。

四

开刀前尤薤让雪雁来了家里一整天，几次化疗虽然辛苦，但她看起来精神较先前好些，夸自己能吃能睡。前几天峻峰还开车带她和老伴去世纪公园玩了一圈，他们站在一起拍了照片。峻峰请他们两个吃了一顿，尤薤喝了点咸粥。"你知道我年轻时候最喜欢吃肥肉，"尤薤对雪雁说，"百年后大概能看到很多猪猡在鬼门关里瞪着我。"

"那我百年后看到的是一个动物园咧。"雪雁也笑说。两人像忽然回到了很久以前。许多往事在雪雁脑海中呼啸而过，她知道这些风风雨雨同样在尤薤心里倒带过一次。雪雁知道尤薤特为叫她来，是要和这间屋子道别，她肯定已经不那么确定自己还能不能回来了。叫雪雁再来做做人客，说说家常，有一点告别的意思，也没有那么明显。想起来，那些年里，两人在一起做过多少琐碎的事情啊，剥鳗鲞、剥蚕豆，勾在一起拍照片，装模作样做股票 k 线图，也推推搡搡吵过架。两人在一起为小孩的高考操过心，为婚姻操过心，但到头来都是尿相，你也不敢说，我也不敢提，最后只好互相安慰，老了眼睛一闭什么放心不下的都要放下。

雪雁还记得前夫从日本回来那会儿，女儿已经要上小学了。夫妻两个人度过了貌合神离的一年，他终于提出离婚。雪雁当时已经不是特别难过，她觉得自己已经离婚很久了。她带着女儿在尤薤家里躲了几天，前夫还气势汹汹登门来兴师问罪，吓得当时已经念高中的峻峰兢兢关上房门。尤薤说话冲："我看你们还是离婚的好。雪雁为你吃了多少苦。"前夫也毫不客气反呛："人家劝和不劝离，你们知识分子最反动。你活该'文革'被整死了大人。"

时隔多年，雪雁想到这话还是背脊发凉。她已经有点不记得自己后来是怎么走出尤薇家。有没有说再会。但尤薇从来没有对她提过这件事。

"肺腺癌有个靶向药，我叫医生帮我用用看。但看上去也不是效果很好。"尤薇平静地说，"我还叫老头子帮我报名参加癌症俱乐部，但是你晓得，里面的人譬方生甲状腺癌啊，乳腺癌啊，肠癌啊，医疗水平都比我这个要好。不过我在医院里就这点好，如果实在痛得吃不消，我可以叫他们开点止痛剂。你上次说人参什么的，你不要去帮我弄，我不喜欢的。"

雪雁就笑笑。这一个多月来，她已经学会了一种新的笑，又尴尬，又熟稔。她这辈子此前从未这样笑过。

"我会帮你照顾他们两个的。"雪雁忽然说，"你放心，只要我在，还有女儿在。"

尤薇不响。

隔一会儿，尤薇从五斗橱里拿出一个盒子，交给雪雁，说："我叫老头子整理了你留在我这里的东西，照片啊，信啊。你记得哇，以前我们还写信的时候，你的我都留着。但是我现在已经看不动了，你要吗？你要你就拿着，其实我半年以前就拿出来看过一遍。辰光过过真是没感觉。爸爸妈妈的东西我都没有留得那么多。你也知道，那个时候留不住东西。现在就可以给你了。"

"那个时候……"雪雁说,"离婚的时候,我不该躲到你这里来。不该让你听到那些话的。"雪雁伏在尤薤腿边。"我怎么都觉得对不起你。从你遇到我,你帮我,我就一直在给你添麻烦。我还不清了。"

"瞎讲有什么好讲。"尤薤说,"我也看不到两个小的结婚了,看不到他们的下一代。你要帮我看,以后做梦告诉我。"

雪雁就又笑笑。

尤薤也笑笑。

五

雪雁送尤薤再入院时,病房里的人完全换过一圈。她和尤薤老伴交接班,老先生说今天的粥是儿子煮的,剥了虾子。尤薤开心得不得了,说活了六十多年,第一次吃到儿子做的饭,眼睛闭了也没有遗憾了。

她出门时,老先生追出来说,"雪雁你好走,你辛苦了。"雪雁笑笑说:"都是自己人。"电梯门打开时,雪雁进去就按了关门,心下恍恍惚惚。猛然听到门外有人喊:"哦哟有毛病啊,说过几遍了不要关不要关……"心里一沉,但也不想理会,任凭那个凶悍的女声渐渐地从电梯井消失。就今日特别不想理会。

回家的时候，雪雁忽然觉得有些异常，又说不上怪在哪里。这可是住了二十多年的老房子了，新村里大部分人，不是在九十年代发达搬走了，就是在儿女成家立业之后改善了条件。只有雪雁还住在原地。她知道二十年前这里每一户人家大致的喜怒哀乐，甚至闻着菜香就知道哪家今天是谁下厨。但这些记忆有什么用呢。

开铁门的时候，雪雁觉得楼道里暗暗的，像笼着一层蚊帐。转身才发现，楼道的窗户前被堆了一个两门衣橱。完完整整地挡掉了自家南北通的窗口。她气不打一处来，狠狠地敲着邻舍的门。

"你怎么好把衣橱放在楼道窗口的啊？"雪雁对着一个满脸疲惫的女人大喊，她身后还跟出了只到她膝盖的女孩子。

"阿姨啊，家里放不下了，先让我放一放好吗？等我家男人回来了，我叫他搬走。"

"你男人什么时候回来啊？"雪雁问。

"大概下个月……大概半年，我真的不知道。"那年轻女人回答。

"你有毛病啊，你男人要是永远不回来，我们家就永远不能空气流通了吗？"

年轻女人怔怔地，忽然蹲下身来哭了。她哭了，女儿也哭。撕心裂肺。这场景那么熟悉，又那么陌生。

　　雪雁一惊，她忽然想起好多往事，脑海中呼啸而过种种刺耳的声音。像老邻舍咒骂没用丈夫的哭声，前夫咒骂尤蓍的刻薄声，肿瘤医院电梯里粗悍的护工声，三十年前的产房里一声声惨叫，年轻的尤蓍从她床下拖走装着恶露的搪瓷脸盆声……雪雁抬头看到那个突兀的两门衣橱应该也和她差不多年纪，饱经风霜，满身月色。它特别茫然地矗立在此，满腹委屈。而它的橱顶……居然还放了一盆兰花，生生地挡住了这个逼仄楼道里全部的阳光。

爱情的完成

一

　　"麻烦你翻回去上一页,"妇人说,"有一个错别字。这个……离婚的婚,不是魂。"

　　"不好意思打错了。"警员说。"阿姨,您要喝点水吗?"

　　妇人摇摇头。她继续等待着回答警员的问题,眼神始终投掷于电脑荧幕。那是一台老式座机,极像上一个世纪有后脑勺的电视机,很多家庭一直在用,虽然它显然已经被淘汰了。因为这种诡异而凝重的气氛,速记的汉字不停地在显示屏上翻转跑动。

　　她目不转睛。

　　"你儿子最后一次和你联系是什么时候?"

　　"昨天晚上。说要母亲节了,今天带慧柔一起来吃饭,她买了自贸区的莫桑比克彩虹虾。莫桑比克……你会写吗?"

爱情的完成

< 220
221

妇人问道。

"你最后一次和他爸爸联系是什么时候？"

"没联系。"妇人答，"我恨他。"其实也没等警员问她原因。

"她还好吧？"一旁的 Jo 问 Lisa。

但 Lisa 显然也有点走神。她简直不敢相信眼前这位妇人是方才经历丧子之痛的母亲，她仿佛是来物业投诉楼上漏水一样的表情，也仿佛刚走出绝望的婚姻开始能够透上一口气。总之，即使知道有祸事，她却没有任何多余的悲伤，一丝也没有。甚至在旁人挺需要她有点悲伤表情的时候，她都没有流露一分一厘。就这样矜持地、冷淡地维系着某种莫名其妙的体面。

莫桑比克彩虹虾……

而一旁的慧柔显然已经崩溃了。她到底是年轻。因为崩溃这样的事，其实也需要调动一些体能。年长的人不擅长、不适合，硬要做起来，也是搏命的。

慧柔整个身体都瘫软在椅子上，眼神定怏怏的，时不时就趴在桌上一阵哀泣，一会又好像突然好了，紧张地问 Jo，"亲爱的我是不是在做梦啊？你快掐我一下，用点力，我不相信啊，这怎么可能啊。"Jo 于是再度木然地，缠绵地，不知掐了她多少下。她当然不忍下手太重，却又怕叫不醒她。这样反反复复，竟也过了快要三个钟头。所有的人心里都是茫然的，茫然中带着疲惫。真希望一切都没有发生过，又期望一切能快点结束。

当警员最终将笔录完整地打印下来时，大家都松了一口气。警员找妇人签字。她盯着那张纸看了整整五分钟，随后从包里掏出一支笔，认认真真地写上了自己的名字。随后，她站起身，却并没有走向慧柔，也没有看向任何人，就独自幽幽地走了。

倒是警员示意 Jo 和 Lisa 其实也可以离开了。

三小时前，妇人和慧柔都放弃了侦看阿勇手机的权利，尽管她们对此充满疑惑，且这种疑惑至此方始，将绵延一生。

十三小时前，阿勇从他上班的办公室楼顶一跃而下，十九楼的楼梯间里，留下了他的手机、钱包，及一杯尚未喝完的午后热咖啡。

一路上，车都塞得有些离谱。

Jo 甚至有些怀疑，那位妇人方才走得那样淡定，她能顺利地去到哪儿。她想要问问慧柔，又觉得不合适，然而人和人总是这样，看起来应该是很熟的，其实也不尽然。看起来是一家人，其实比陌生人还要陌生。

结婚三个月来，Jo 和 Lisa 的伴娘服都还没找到时间还掉，紧接着就是丧礼。感觉来往的会是同样的人，一起大喜大悲。

Jo 甚至还记得，慧柔结婚那日那位妇人穿着一袭黑色旗袍，当然胸口勾着考究的花，有些凛然的庄重。如果不是她和新郎长得太像，她简直不像是这场喜宴上应该出现的人。然而即使作为第二主角，她也没有想象中那样高兴。就是体面的、冷静的、怪怪的。但显然大家都以为，单亲母亲多少是有点怪的。这种寻常偏见令到妇人的表现并不那么值得指责。然而许多事要回想起来才有意义，才显得格外触目惊心。

Lisa 送完慧柔到娘家，在门口突然呕吐起来。Jo 拍着她的后背说，"你怎么了，这会儿还需要你呢，千万不要倒下"。Lisa 抹抹嘴说，"邪门了，我也没不舒服，真的没有感觉不舒服。就是没忍住，吐了。抑郁症也这样吧。没忍住想去死。表面看起来比谁都健康。"

"你说什么哪！"Jo 白了她一眼，然而不知道为什么，鼻子一酸，居然有点想哭。

而慧柔自出事那日起，也再没回过他们家新房。

二

翌日招魂。道士到阿勇的办公楼底下，想让阿勇回来看一看阳寿未尽时曾经爱过他的人。千言万语已是天人永隔，但到底应该来告个别，母子一场、恩如泰山，夫妇之伦、情如东海。然而无论怎么掷筊，他就是不出来。所有的人都有些疲累了，除了那些不敢疲累的，全是在打哈欠、看表和滑手机的至亲好友。想来悲伤这样的事，也不便拖延太久。

"阳世作事明白，你有无欺己；阴司判断是非，吾何尝放谁。"

Jo举着幡，Lisa捧着排位，不成体统。

道士转而对阿勇母亲说，"怎么办，掷不出结果来，你儿不肯回来看你们，他自己的路也没法往下走，你劝劝他，赶紧的。"

妇人于是上前，不知说了什么。随后慧柔也上去，就只是哭，她这几日，大约把一生的眼泪都给哭完了，然而她才二十三岁。阿勇三十五岁。他把自己的一生束成个谜底，也把慧柔的一生给做成了谜面。本来没多大点事，但眼睁睁，把万事全抛；荡悠悠，把芳魂消耗，就演上了《红楼梦》。

好容易连公司领导都上前去，眼泪鼻涕一把，就怕这事对公司有所连累，然而阿勇的母亲和妻子都没有要深究的意思，这两个苦命人甚至也没有要相依为命的气势。领导虽然不明白，但多想无益，只希望他一路好走、来世再当办公室同侪、下了班照样把酒言欢。

拖拖拉拉办了快一个半小时，道士终于掷筊出了结果，勉勉强强，阿勇总算翩然来过、别过。大家有恩报恩、苦短情长地与阿勇的魂魄做了个别，凄凄惨惨，各自散去。

"你说男方来的都是些什么朋友呀，连个愿意扶灵位的人都没有。亲戚都没有。这都是什么家庭啊！"Lisa 说。

"算了啦，慧柔也可怜。我们扶就我们扶，反正我们没什么信仰，也没做亏心事，什么都不怕。"Jo 说。

"你还记得吗，我以前跟你说，慧柔怎么就遇到这么好的男人呢，我怎么就遇不到呢，他俩开车都拉着手啊，爱得多危险呀，含在嘴里怕化了，我那时就想他是不是有病啊。这结果还真有病……太恐怖了。婚姻太恐怖了。"

"不能想。再说你想这些做什么。他们都没往深里想。"

但 Jo 显然不是没有想过。这几日人生的事横陈在面前，真容不得人搪塞。人情凉薄，即便不管她和 Lisa 的事，也让人颇为失意。从恋爱到结婚，Jo 和 Lisa 始终都陪在慧柔身边，一惊一乍、撬边起哄，简直是与她同悲欣共命运。慧柔在半年里搞定买房、结婚的大事，匆匆一年不到，就将死生之事都办立体了，如今看来简直闹剧一场，大家都有点责任，又像都没有责任。那个混蛋最后一通微信，还是叫慧柔晚上去母亲家吃饭。饭都热好了，人却不在了。谁能想得通呢。不过看到道士没有掷出结果时那个焦虑的样子，想来他的案子也多，乱世里谁的心都是海底针，然而无常生意最好做。

阿勇到底是个什么样的人呢。慧柔不在的时候，Jo 和 Lisa 越来越密集地聊起他来，似乎从未对他如此关切。觉得无论结果如何，印象里他都和善、深情、稳重……找不出什么像样的缺点，殊不知还不如渣男一目了然令人安心。

没想到他心里有那么多沟壑啊，可人生在世，谁心里没有一点曲折。你自个儿沟壑去呀，干吗去害活着的人呀，多自私呀。但 Jo 和 Lisa 都没有把这些话说出口，活生生给吞了回去，在奶茶里添上平日不添的奶精，在咖啡里加糖，以为就能蒙混过关，草草掩盖起真相的骇人。

"你知道吗，我大学的时候，有一次上《雷雨》，挺老的本子，没想到导师突然发作，说'你们这些小姑娘找老男人都是被骗的，除非那老男人是智障！'醍醐灌顶。我当时没懂，不知道六十岁的导师为什么那么生气，后来才知道他妈妈比他爸爸小十二岁，跟了他爸，一生倒霉。导师说，周朴园娶繁漪前，已经死了两个老婆了，内心伤痕累累。繁漪十八岁，想要走进他的心，简直像卡夫卡的城堡一样，看看就在那里，怎么走也走不到的。"Jo 说。

"哎……都是命。"Lisa 说，"命里一劫吧。他没有跟慧柔同归于尽，慧柔的命就算捡来的。"

"你说慧柔以后怎么办呢？"Jo 问。

Lisa 摇摇头，说，"还是先想想头七怎么办吧，啊，怎么会选在母亲节走，怎么想的呀，实在够狠的。"

三

丧礼那日，阿勇的父亲是带着他的孩子来的，真是提油救火，好在这事看起来越来越不是火，而是一块坚冰，冷得充满杀气。Jo 和 Lisa 若不是怜恤慧柔，眼下简直可算是一场好戏。上了电视都不怕没有收视率。

但一开始，其实谁都没有认出阿勇父亲来，除了那位沉静的妇人，突然向远方投掷出愤怒而有力的眼神。他仿佛是不祥之兆，然而对于这个家族来说，还能怎样更不祥呢？

那个孩子，眼见不到十岁，长得和阿勇一点不像，也许像他母亲，谁知道呢。他到底还年幼，这样的场面对他来说无疑是心灵的恐怖。

阿勇的父亲见此，突然说，"阿勇活着的时候没让他们兄弟见上一面，这次就算被打也要来。"

"你们结婚也没有通知我。"他看到慧柔，也流利地呢喃了一句。他仿佛是做好了充分的准备，前来数落所有的人，表达他的疑惑，就好像全世界只有他还知道去疑惑，只有他一个人蒙在鼓里。

妇人冷冷地看着他们，没有要打。在场显然并没有人会打他们，即使也没有人会欢迎。妇人不是这样的女人，Jo 和 Lisa 在派出所就看出来，妇人的病远比阿勇要重得多。然而白发人送黑发人，本来是最酸楚的，却因这离奇的冷峻尴尬，甚至显得有些滑稽。

譬如亲友礼还要不要送他呢，Lisa 和 Jo 就吃不太准。那一块作为丧家回礼的肥皂毛巾还要不要给他？他理应是至亲，却是不请自来的宾客，还来得那样激动，要不要给他擦擦汗呢。

慧柔在婚礼上都没有见到过的阿勇父亲，却很快在葬礼上初初相遇，人生何处不相逢。然而，那时的丈夫已是亡夫，父亲还算不算父亲，多少要照顾到母亲的情绪。百口莫辩，有缘无分是她从没想好就已经选完终身大事的代价。

慧柔记得，阿勇在世时极少提到父亲，他就像从来就只有母亲一个亲人，即使已经三十五岁了，也从未好好面对过这乱麻一般的生活。慧柔也没有被邀请去面对。如今她一个人，就跟古书里那些哀凉的女子般，当丈夫已战死在远方沙场。唯一的区别是，那是阿勇一个人的沙场，他的英勇成就了他的失败。但他到底为什么会执意牺牲，牺牲前又为什么要结婚，居然是一个谜。

Jo 于是想，那个小男孩，就是真应该捧着阿勇牌位的人吧。然而他根本不认识阿勇。Jo 和 Lisa 呢，虽然认识阿勇，但她们既不是亲人，又不是朋友。她们只是一群外人，充满惊恐，强迫世故，力不从心。

此时阿勇的脸被修复得好像一尊整形过的蜡像。想来科技再往后发展一下，未来人的大体一定都能绽放出模式化的灿烂微笑。有好几个瞬间，Lisa 感觉慧柔都想要去撞上那具插着电的水晶棺材。她只好用力扶助慧柔，工作人员也同样喝止她："小姑娘你跌跌撞撞要干什么，不要破坏公物！"慧柔被吓到，于是又委屈地退下。整个丧礼冷冷清清，只听得到慧柔一个人在哭。她读了悼词，于是，Jo 和 Lisa 也简约地听过阿勇的一生，原来那么短暂，小学、中学、大学、工作而已，就突然说完了。

那位妇人，没有如任何悲痛的母亲般抱着棺材不让儿子火化。她十分遵守规定，就眼睁睁，看着世界上最懂她的人被推入火焰，灰飞烟灭。

"你这个冷酷鬼！毒妇！我早就看出来你神经病！你害死我不够还要害死孩子！儿子上礼拜还发短信给我，我回了，他就没有回！他一定有什么事，他从来不找我……"现场果然爆发出离奇的喧哗。但没有人应和，只是那个小男孩突然哭了起来，不知是不是为了他深情的哥哥，然而他很快就被架走了。

"没联系。"妇人答，"我恨他。"

Jo 记得那日在派出所时听到过这句话。

"我恨他。"慧柔肿得像金鱼一样的眼睛突然停滞了喷泉。吓到了身边的两个密友。因她似乎是想起来了什么，一些制式化的誓言，短暂的日常。

他的确答应过她不离不弃，那结婚以来的三个月里他从没离开她一步。就连吃水果都奉上汤匙，临走前还帮她打死了阳台的蟑螂，清晨起床时他亲吻她的额头，问她晚上想吃什么，她说她买了莫桑比克彩虹虾，可以带去婆家。阿勇说，"好幸福的名字。"慧柔于是甜美地笑笑。他真真一点不像三十五岁的人，至今还穿着白色无牌内裤，刚开始隆起一点小腹，但他坚称不是胖是胃凸。他会煮很好喝的汤，会在三明治里精巧地铺上山药泥。他睡觉打呼，但为了让她先睡，宁愿睁眼拍着她的腰。整整三个月，慧柔像透支了一生的幸福额度，如今眼前横陈的只有光秃秃的路。

慧柔没有告诉任何人，她那日掷筊时对着离魂历劫的丈夫说，"你这个骗子。你这个骗子。你这个骗子。你明明一点都不幸福。你看到我那么幸福才知道什么叫真的不幸福，你怕了是不是？"两阳面是笑杯，他始终不回答，那就是神明听过你的话，他"笑了"。

而后慧柔终于说，"你走吧，我恨你。"杯允得见，阴阳成谶。

　　"善恶到此难瞒不必阶前多叩首；瑕瑜从来了彻岂容台下细摇唇。"然而人间就是能瞒、就是可容，青山多障碍、水中多变幻，怎样……

樱桃青衣

一

　　寒潮来临之前，锐奇特地跑来我家。那时我的室友们已经陆续放假回家。家中寥落得毫无人烟感。房东从一开始就明令禁止我们开伙，像是为了安全起见，美其名曰能为我们省下瓦斯费。然而我也是到了那时才知道，一个家若没有厨房，总是会少些烟火气。我的室友偶尔会用大同电锅偷偷煮面，而后因为赶不上垃圾车的时间而将厨余放置很久。可就连这种食物腐败的臭味，在我看来仿佛都带着人间标识，是有生命感的。她们走了以后，家里就像拔了插头的电器一样，死寂得很。没有气味，直至低温不期而至，才带来了那么些与众不同。

　　锐奇来时总是一样的面貌和气宇。他会先脱鞋，甚至把袜子也脱去。而后巡着我的小房间走一圈，看看东看看西，主要是看看有什么变化，再把他要给我的东西归类放好。我知道他这种武断和强势的作为，就类似动物界宣誓地盘的雄性气息，是在昭示我，或者我家其他冥冥中的存在，如地震前慌乱逃窜的蚂蚁、蚜虫、其他昆虫，壁虎或以上之类惊慌逃窜的种种生灵，还有那些看不见的神明，他来过。虽然这在我看来毫无意义，我已无甚秘密。但我的从容背后自然有着纵容的弹性空间，尤其是这段日子，我已无力去和日常生活较劲。何况他的强势裹挟体贴，就连不讲道理也显出良善的初心，我越来越怀疑我的不适感来源于哪里。我知道他是出于好意。他给我带来了两打暖暖包，一个取暖器（虽然我有，但他假装不知道这件事），一床薄被（很眼熟的一条），以及两颗橘子。

他给我贴完春联，就席地而坐，自说自话便打开电视，印象里他是很不爱看电视的。他看了会儿风声鹤唳的天气预报，超商蔬菜的抢购，果农的损失……那位女气象专家，昨天晚上刚在新闻台拿了一个新闻奖，画面中她哽咽着说，别人都说气象主播不是主播，但我做到了之类云云。这几日，遇上全台湾五十年以来最强寒流，她自然越发热爱自己的工作，认认真真地提醒民众外出一定要注意人身安全。因为在低至四度的寒天中，已经有五十几位台湾老人因不敌低温而往生。新闻台连番滚动联播着台湾各个山上下雪的画面，并不壮丽。那只是雪，或者冰霰。只见一位喉咙嘶哑的外景女主播从阶梯上一路滑下，大声说着"大家看，真的超冷的"。而后摄影大哥把镜头扫过地上积雪，短短一程。银幕画面上打上了几个大字，"××台新闻魂"。锐奇见状喃喃自语道："十年前冬天我在小兴安岭天寒地冻，冷得我耳朵都掉了……所有的衣服都是问人借的，还有帽子和手套，里里外外穿了七八件衣服。那才叫冷好吗。有没有搞错。"

"今天北部高丽菜已经卖到一百五十块一颗了啦。大湖草莓更是要两百多块。"我补充道，"有没有搞错。"

我知道锐奇在小兴安岭认识过一个女孩子，就是他借衣服的那家人。那个女孩后来过得很不好，有时半夜会给他打电话，问他借钱。他总可以说很久"嗯嗯啊啊"。然后在某天开车途中，他会突然有一搭没一搭跟我说起，"我认识她时她还是个小姑娘，扎两条辫子，特别大陆人。后来也不知道她做什么行业，听说去了四川又去了广东。"也许我曾经为此不爽过，但我从来没有在这件事上接过他的话。因为从某种程度上来说我也"特别大陆人"。在此地，这不知道算是一种什么类型的长相，但我显然已经对这样的评价孕育了娴熟的恼火，还有诸如"你真不像大陆人"的评价，从不以为是真心夸我。但锐奇猛然这样一说，我以为只是说漏了嘴，他并不特别为了什么缘故，他只是想跟我聊聊天。因为这距离我能和他更自由自在地攀谈或不攀谈这些杂事，居然也过了很多年。那个女孩如今更大了吧。如果那些人会喜欢一种接近于《边城》里"翠翠"一样小动物般的大陆少女形象，那一旦这些小动物长大成人，便立即褪去了蒙昧甚至因蒙昧而性感的气息，变得像"大陆冷气团"一样，是一种进攻性、破坏性都很强的外来力量。

也许我曾经就是这种外来力量。新鲜，蒙昧，又很快会变质的外来力量。

许多年前，当我刚认识锐奇时，我还不知道这些事。锐奇介绍我去一间电视制作公司挂职，告诉我那里可以看到很多本地的明星和著名节目团队，我就很高兴。说是挂职，其实就是为了在他可控范围之内杀掉我的时间。我没拿过一分钱，也开不出任何正经的工作履历，锐奇甚至嗔怪我不能帮他节税。我当时的年纪尚不足以懂得这些门道，也听不懂这些成人的抱怨和暗示。我记得我到电视台第一天，我的老板就直接让我参与了一个脚本讨论，还让我修改两岸合作专题片的语句，希望能让片子更加"接地气"，不要让大陆人看不懂。我后来听说，他在业界很有名，虽然他没自己这么跟我说。我只记得他告诉我，人要站对取景框。三十年前他在电视台做节目，有一次请来林青霞，电视台的女明星都很聪颖识趣，从来不和她站在一起，以免不慎被拍到同框。就独有一个傻大姐女明星，很认真地和她打招呼，最后被记者拍到，出刊后立竿见影，画面里一个小姐一个丫鬟。

不被拍到，那大家都有可能当小姐。我觉得他说得挺对的。后来我努力在人生中寻找没有"林青霞"的那一框。

锐奇的手机很自然连上我家的网络，但自动连上的时间点总是突兀。一瞬间会突然爆发出密集的"叮咚"声，好几回都是如此。他仔细查看讯息片刻，抬头问我，"你刚打给我喔？"我说，"哦方才我以为楼下着火了，烟雾很大，气味很重。后来我打给你（想叫你不要来了，但我最终没这么说），想叫你晚点来，结果电话没通。"

"哪儿着火？"他站起身，又认真在我房间巡了一圈。

"二楼在阳台上烧金纸，所以我这儿味道最大。我从这里往下看不见，阳台封死了。所以我就找了房东，房东叫我直接报警。消防员来了以后，开门见山就说我楼下在烧金纸，而后就走了。"锐奇去阳台看了一会儿，大声说，"大下雨天的，不是初一不是十五，烧什么金纸。要烧拿出去烧啊，这么冷的天，神经病。"

他是基督徒，虽然有时看起来并不太像。

二

连离我最近的那座山都下起了雪。那不是皑皑的、沧桑的面貌，或者确切说是玲珑的、写意的初老。看得不禁令人想到自己、想起往事，即使没有一丝一毫后悔的心，也有容颜暗里回的莫名欢喜。

翌日清晨，从我的窗外能清楚地看到青山白头，缆车在此际缓缓攀越，如常一样，不知是否有梅花开放。整座城市恐怕都未曾遭遇这样清冷的劫数，那一夜里不知又走了多少人，毁了多少蔬果，收了多少生灵。我的脚边开着锐奇送我的暖气，送来的热风像是他的眼睛，无时无刻不在盯着我，温存的、即时的，看得我心慌。若不是能霎时推窗看到这样少年白头般的冬日新景，眼下的生活真会令我窒息。飘雪在大陆北方实在是不稀奇，可这里是亚热带。我既难如台湾人一样雀跃，却也不会像真正北方人一般漠然。总之这场雪令台北像个孩子一夜长大，怎么哄都不再甜腻，料想他一定碰上许多难解的人事。也像一种异象，昭示着不称头、不妥帖，与静谧的格格不入。

我还记得一九九三年的上海冬天，窗外雪花飞舞，那是我有生以来体会过的最冷一日。我在家门口小花园里养殖的小草，已经被冻霜包裹成玻璃碴。有天早晨，我听说父亲要去广州公干，他临走还往我手里塞了一个小小的汤婆子，刮了一下我的鼻子。父亲对我说"囡囡拜拜"。我也说"拜拜"。那是我最后一次见到他，三十五岁的他，很年轻的呢。因下雪路滑，他翻车走得很突然。这场车祸太过平常，即使是上海交通电台的新闻也没有播报。于是在我的记忆中，父亲就这样永远都没有老过，永远是一个年轻的大人。如果不是父亲，那他应该是介于哥哥到叔叔之间的一种称谓。那时的他，爱打手掌机，爱养小黄蛉，给它们吃南瓜苹果，还用我喝的牛奶的一滴浸一浸它们吃的饭粒子。然而这些记忆如今都模糊了，父亲在我的生命中就是不远处南岛山头的积雪，若隐若现，仿佛不可能再出现，却也曾确切地出现过。

更令我觉得突兀的是，我母亲听闻父亲的死讯后并没有我以为的那么难过。她只是知道了，并且告诉年幼的我，"宝贝你爸爸死了，你以后再也没有爸爸了，现在我们要为他做点事。送一送他。"而后，她十分平静地打扮自己，或者说，也不是打扮，只是一种准备，丧礼的准备，新生活的准备，没有一丁点的失态。一九九三年那年过年，家里来的客人很多，我拿了不少的压岁钱，我开始懂得了一种也不是高兴也不是不高兴的人生滋味。大家都说我可怜的时候，我觉得还好。直到大家都觉得我还好的时候，我倒常常觉得自己可怜。

二〇〇〇年，上海再度迎来过一个挺冷的冬天。千禧的恐惧尚且弥漫在中学校园中，我有了第一个喜欢的男同学。但他不太理我。当冰霰漫过我们小小的操场，漫过枝头，漫过花园里先开的黄色蜡梅，零下五度里，我看到他一点一点走出校门，放学回家，就像看到八年前的父亲，他小小的、不算巍峨的背影，裹挟着晶莹的雪霰走入凛冬里，心里的雪也不禁飘了起来。当我不期然想起父亲的时候，母亲也再婚了。她嫁去台湾不短的日子之后，我也来了这个小小的、木瓜形状的南方岛屿。这里溽热、潮湿，几乎没有冬天，虫子都不必去养，它们仿佛随时随地都会出现在手边、桌边。我用牛奶浸一浸饭粒子，吸引它们来吃一吃，但它们没有。它们只是慌乱地逡巡。我与它们难以交心。

去年夏天，我去基隆一间道堂批流年，道长看了我的八字说，"你是一直没结成婚吧，有人从中作梗哦。你父缘薄，依靠还是随着母亲。你的大运呢，要后年才会来。之前的桃花虽然很多但都不是正道。你知道的哦。"我一直点头，其实我也不是很明白。我问道长什么叫做都不是"正道"，什么叫做"作梗"，他又说，"就是眼下无论发生什么都没用，两年后你会遇到一个全新的人。所以眼前的那些是是非非都不重要。知道了哦？"我又点点头，脑海中瞬息跑过许多事。即使我依然不尽明白他说的话，也不知道他是不是随便说说。我的男朋友们都不喜欢我沉迷在这些怪力乱神之中。但他们有时难以分辨我是真的相信神异还是有如女孩子对星座的头头是道、随波逐流地随便信信。他们是科学主义者或者基督徒。总之他们不以为我这样莫名其妙的不安是出于智力超群，我也不以为，当然他们因此而觉得自己智力超群时，我也不那么以为。

随母亲来台北这样久的日子，难免会遇上变迁。像我认识过的那些人，即便是不认真的观看之下，竟也渐有了岁月的印痕。如今这座城市里的一切都是式微的、低眉的，像我。我来时它仿佛也曾生机勃勃过，像我举步走过的曾经。如今却不知为何，充满了末世的颓唐，颓唐里又有温存，像我随时都可能熄去的未来。

年前，聘我当助理的主持人结婚，在报章占据了小小一则广告。没有人知道，在这则广告背后，我为她的颠三倒四付出的大量时间和精力。因为一项播出的小小事故，她借机把我打发了。近来打发大陆人不需要什么正经理由，仿佛是人人都可以理解的变故。这些年来，台湾景气很差，广电都是如此。因为制作费紧张，眼见谈话性节目一台一台收，仅存的那一些，为节约成本甚至不惜邀请江湖术士和购物台主持人聊婚姻。有一位女主播我曾经见过，我还买过她推荐的通下水道的粉末。她在那儿滔滔不绝自己和丈夫的鹣鲽情深，我却总以为她要在有限的时间里把自己的丈夫卖掉。日常里的她更是如此，令人感觉她想卖掉她身上的一切。还有一位方才走过婚变、热爱政治生活的新闻人，哀哀叹息"有一些白头到老不过是同归于尽"。我觉得她说得挺对的，她的尖刻正映照着日常生活里难以克服的难。因为她曾经对着镜头大喊"你们来看看我过的是什么生活"，导致后来无论她怎么胡说八道我都锁定她的节目，是她的粉丝。

上个月锐奇来找我吃饭时，新闻还曾声称这又是一个暖冬。他总时不时会来找我吃午饭，而不是晚饭。因为这样显得客套、尊重，符合我们的处境，不会显得过于热忱或者尴尬。但在吃饭之前，他忽然说要去办点事，我努力不去问他是什么事，即使他载着我一点一点回到了他的住家附近。后来他忍不住对我说，"我去把第四台停了"。我是电视宝宝，很爱看电视。他的意思或许是说，他其实从来不看的。留着这个台全是为了我。然后过了很久，有些太久了，他最近决定去把那个台停了。

我告诉他，我又失业了。他说："是喔，我们今年也没发年终。"

三

　　小年夜那日，我回新店陪母亲一家吃饭。继父一贯主张要出去吃，我每周都能在脸书上看到他的打卡。我母亲，和他的两个儿子大约吃遍了台北能说得上号的所有饭店。放在上海，他们应该就是一家兢兢业业随着大众点评罗列的店名决定晚餐的人。夏天里新北市乌来被台风带来的洪水冲垮，继父还贴了不少乌来餐厅的老照片，感慨那里的活鱼、土鸡、绍兴酒蛋、蜂巢酒，以及温泉是多么让人想念，说乌来是台北人的箱根。他看起来就与这个城市许多过得挺好的中年人无异，有体面的工作、勤快的大陆老婆，还有两个前妻留下的宝贝儿子，正港（注：闽南话，地道的、纯正的、正宗的意思）台湾人。在他的带领下（其实是他的薪水下），他们一家相亲相爱、热爱美食、旅行，热爱台湾玲珑的小山小水，和龙应台口中的"小民尊严"。只是他很爱穿粉红短裤，不知我母亲是否留意到这种怪癖。我认识他那么久以来，一直想问他到底有多少条粉红短裤可以替换穿着不重样。

　　我也总是不知道应不应该给他的脸书文章按"赞"。他揶揄大陆人的那些文章我不去按"赞"，得不得体，礼不礼貌。

我母亲看似十分满意目前的生活。因为她的社交范围并不在脸书，而是微信朋友圈。微信涵盖了她在上海的亲朋好友，那才是她勉力要自我表现的战场。她在台湾没有什么朋友，自然也没有炫耀的意义。表面上她会哀叹小小的台北什么都比不上上海，自己在二〇〇一年就勇敢嫁去台湾其实很不划算。实际上我知道，母亲在心底没有任何真正的埋怨。她一点也不喜欢我父亲打游戏和养黄蛉。不喜欢上海局促的住房空间和拥挤的人群。更何况，她那时候已经下岗在家。经人介绍去往返新加坡的游船上当服务员，那会儿认识我继父，都算命中注定。

　　她喜欢在住家顶楼加盖处开起透天花园的我继父，喜欢他偷偷从单位剪下桂花枝带回家精养，她喜欢陪我继父去人流如潮的建国花市买蝴蝶兰，买孔雀毛，这样的时候她就全然罔顾岛屿鼓吹的动物保护。我问她，"这孔雀毛他们是怎么弄来的？"她说，"拔的啊。"我看了看那么粗的羽毛根部，感到一阵生疼。总之，那种根本谈不上是"中华文化"的生活惯习，都被我母亲看作是"台湾传统文化保留得好"。我若与她真心计较，倒像是我不懂道理。我当然知道她也不容易，一个人带大两个儿子，都不是亲生的。外婆过世以后，我才随她过来，她供我念完大学。这些伤心事，我从没见她掉过眼泪。这令我想到，也许她并不如我一贯以来认为的，那么不爱我的父亲。很可惜，我没见过更真的她。

年夜里母亲亲自下厨，我是很期待的。一年一度我要吃上她做的饭就要仰赖年关，平日里他们的聚会从来没有我的份，这也是人之常情。没有继父，我就没法来台湾依亲，与母亲分隔两地，毕竟也不好受。我知道此刻继父在心中又开始酝酿着各种图片、热闹的话语，一会儿要贴在网络上。他一定会强调这是"正宗的上海风味喔"，什么"出自内人的巧手"。上海男人的确不会把话说得那么好听，有口无心。但母亲家实在很冷，台湾没有安置暖气的习惯，台北大部分餐馆和食肆百货公司都没有中央供暖，这令我有些想念自己的小公寓，想念锐奇年前特地拿来的那一台。今年又格外冷。

继父正和两个儿子说起，"粑粑（注：爸爸）真的从来没遇过这么冷的冬天欸"的时候，他大儿子玩着手机却突然起身说，"我要出去下喔！"继父说，"什么鬼？你神经病吗？这么冷的天。又是过年内，你一个人出去要干吗？林冲夜奔吗？"我在一旁突然笑了出来。"葛葛（注：哥哥）是要去见女朋友啦。"他弟弟在一旁插嘴道。"所以你要和女朋友去堆雪人吗？"继父又问，"你脑袋是有事吗？你阿姨马上要把饭做好，然后我们要围炉欸。"但我心想，我妈大约也不会真的在意这遍插茱萸少一人的画面。而后他居然真的穿上衣服就跑走了。我妈一手生粉推门进来说，"哪会按呢？"（怎么会这样?)我继父闷闷不说话。母亲又问我:"伊啥事体啊?"我也摇摇头。我都怀疑自己是上帝之眼,在鸟瞰这一场挺无聊的家庭风波。小弟弟则在一旁咯咯笑,他对我说,"姐姐,你觉不觉得我哥真的好蠢。嘻嘻嘻。"

"你在说什么啦?"我继父说道,又转来堆笑着看我,"拍谢(注:闽南话,对不起的意思)喔,让你见笑了。"他对我总是很生冷。我也不知道为什么。但若他突然对我热情,我想我也会害怕的。

在他们家的墙上,挂着新年采购的孔雀毛。一说凤凰不落无宝之地,又一说孔雀能喻夫妻恩爱。但孔雀毛的确没在保佑团圆不离散。我心里想,那位已经成年的,不会有事啦。

母亲亲手做了香菇蒸鸡、花生猪脚、干煎带鱼、台式卤蛋、烤乌鱼子、我喜欢的香菇冬笋山药春卷,我小弟弟爱吃的烤鲑鱼片,还有我大弟弟爱吃的鸭油炸薯条,可惜今天没市场了。我继父纵使因为大弟弟的缘故心情不好,依然以顽强的心志认认真真给菜肴拍了照,上传脸书。母亲也津津有味看着他的成果,一直在笑,又像是一直在赔着笑。

我想起她去年过年在厨房间偷偷对我说,"再过两年就好了,再过两年我就有退休金了。"母亲一直没有拿台湾身份,大约就是惦记着上海那点退休工资。台湾一般民众没有退休金，但我继父的工种会有一笔不少的退休俸。这些年来，我母亲唯一的收入就是我外婆留下的老房子，每月的租金虽说微薄，却也强撑着她的小小尊严，和我的学业。转眼十余年。她一直以为我早就工作稳定，不必让她担心。她甚至在朋友圈异想天开提到我在台湾最大的电视台工作。我看着她那么高兴，实在不忍心伤害她，告诉她并不是这样的。继父问我最近工作是否顺利时，我也没有提到，我刚被一位难搞的主播开除了。她在我焦头烂额处理完她婚假时一堆烂摊子之后，不动声色地将一次播出事故责任转嫁在我头上。

我想是因为我又站错了取景框。

大弟弟在夜里十一点半时候才回来。那会儿我已经回自己家了。我在脸书上看到继父写的文章，他们的合照是我拍的，自然也没有我。他侃侃而谈大儿子夜奔的事，说自己年轻时也曾这样莽撞冲动，所以儿子风雪天跑出去见女友，他并没有反对，只是凭借慈父之心暗暗担忧，好在儿子在十二点前就回到家。他看见那青春的肩膀，眼眶湿润，感叹"爱情是少年人的纯情梦，白雪是青春的羽衣霓裳"。他矫情的文章下面还贴有一幅图片，题曰："内人精心熬煮的鲍鱼胡萝卜粥，给风雪夜归的儿子。燕窝莲子羹，给我。新年暖心。"

我想那大概是我走了以后，我母亲才去做的。

四

隔天早晨我看到手机新闻推送，才知道南台湾强震，倒了几栋楼。台湾地震很频繁，一般没有人会当回事。但这个时间锐奇是不是已经回到了台南老家我不确定。我给他发了讯息，他也没有回。我大致了解，出事的楼宇并不是他住的地方，因为我去过。可我还是略微有些担心，烦躁不安。我这才知道，时过境迁以后，我还是会担心他的。吹着他的暖气，吃着他的橘子，我就自然会想到他在干吗。与其说这是他的手段抖落心机，不如说睹物思人，本来也是人之常情。即使是我们完全不联系的那段日子，他还坚持给我交着手机费。提醒着我，与他的日常勾连是那么具体。因为无论我要换号，还是办理新的网络流量，还是缴费……我都得与他联系，我都得与他像夫妇一样坐在甲方乙方的位置上签署协议或解除协议。我用这一台门号订计程车，司机叫我他的姓氏。用这一台门号网购，去便利店拿货也要说他的名字。我当然可以不去联系他，这样就只剩下每个月通讯公司会告诉我，我的费用已缴纳。像若隐若现的他在远处对我说"hi"。这够烦人，也够伤感。就像他在家看到第四台，也会觉得是我在一直跟他说"bye"。

春节里，我住家楼下所有的食肆都关闭了。想要吃东西，就只有麦当劳、星巴克或者泰国菜。台北新年里总是这样萧条，远远不比上海。我是极讨厌过年的，因为生活不便。垃圾车也不再来收垃圾，并且无可抱怨，因为所有人都会告诉你，他们很辛苦、他们也要休假。没有垃圾车高唱《致爱丽丝》的乐曲满台北城跑来跑去，我家屋外就一点声音都没有了。我有时睡得恍惚，一晃就下午，有时连绵苦雨，外观根本不知道是白天黑夜，今夕何夕。

而我心中的旧年幻景，始终摇晃于一九九三年以前，像一个褪色的梦境。上海的外婆家里有老人、有父母、有很小的我，开门见喜，有川流不息的人客，拜年发红包，灶头间里炊烟袅袅，一切都像是可口可乐广告里的春节一样温暖动人。一九九三年以后，年节里我都随外婆吃素。外婆走后，我就自己煮面，或依靠零食打发一日是一日。刚巧在新闻里，我看到地震罹难的一家人。父亲五十四岁，母亲四十岁，大女儿二十三岁，小女儿十八岁，算算就知离散是常情，即使自家的经总是最难念。

继父一家小年夜隔日就去了美国。前夜临走时母亲当着继父的面，塞给我两盒喜饼，据说是他们的朋友新婚特地送来的。我看了下赏味期，他们的确用不到。又给了我两张电影票，也是继父买书时赠送的，日期卡在他们出国那段日子。于是我对继父说了一声"谢谢，新年快乐"。他也说"新年快乐"。还送了一副他自己写的春联给我，让我贴在家里。我自然是不会贴的。我家的那一些，锐奇巡走期间都替我贴好了。上面写了什么字，我也故意不去看，不想看，掩耳盗铃。就好像这个世界上从没有祝福这种东西，没有年节，没有继父，没有前男友这些令人为难的人设。

"还是美国的空气好。"

下午我看到母亲发的朋友圈，就知道她已平安落地。她能在台湾数十年如一日把自己生活成上海模式，只跟上海人较劲，一直是我敬佩之处。因为大部分时候，我会有些迷惘自己到底属于哪里，她比我待的时间更久，却从没有这种焦虑。母亲这样的人，是不会从心底里关心南部地震的新闻的。我却真心实意打了好几个电话给锐奇。他没有接，这令我害怕。

新闻台全然不计新闻伦理耸人听闻地播送着受灾现场画面，与台湾人深以为荣的种种美好人情。整个下午我都在给认识的台南人写信（其实总共不过六封）。陆陆续续收到平安的回复。锐奇直到傍晚才语音我，高铁到台中就停驶了。他在新乌日站想搭台铁到台南，发现人实在太多，再搭客运下去。好在南部家中除了电器小创，一切平安。我悬着的心轻轻地落下了，像雪一样悄无声息。

这样的感觉，仿佛在二〇一〇年上海胶州路大火后我就再没有感受过。那时我来台北不过两年，想回家也没有正经的旅费，是一个狼狈的新住民。一晃居然已经六年整，时光如梭。记忆中的那条马路，中学时每天放学我都会经过，那时即使有很多不开心的事，放学总是惬意。吃一点油墩子或者里脊肉，就能扫尽全部的焦虑，不需要爸爸，也不需要妈妈。就在那栋我曾经过无数次的楼里，仿佛住了很多我认识的人，确切想又似乎并没有。那一年，我在台北看着新闻里的眼泪与鲜花，哭了很长一会儿。我也不知道自己在难过些什么，我只是有点想家。家好像已经没有了，这样的事又该和谁细讲。但凡过热的新闻之后必有丑闻相随，事后有受灾户说自己家里有唐伯虎的画，有猴年整版邮票被烧毁，故而赔偿谈不拢，我也跟着心有戚戚焉。只是，那栋楼就在那里，黑漆漆的不生不灭。像一个巨大的谜语，向本地人昭示着冥界的威胁，每个人都有大限，它有时突如其来，有时等等却总不来。台南维冠大楼倒塌时，刚巧压垮了对面的中古车行，老板对着镜头委屈地哭泣，说这一辈子的心血，谁要来赔。理性的议员当然跳出来说，谁让你自己不买保险。人要有风险意识，说得好像没错。人要有风险意识，只有自己为自己买单，自己为自己殉葬。

和锐奇在一起的三年里，我又怎么会知道他尚有一位弥留插管的太太，她坚忍地在人间苦撑着生命之旅，令人钦佩得很。像她这样的病患，蜗牛般蹒跚过生命最后一里路，不言不语，不生不灭，在台湾居然至少有三千人是这么生存。她因锐奇而濒死，他却没有要为她而活的意思。时间久了，不仅是锐奇的亲朋好友，就连我，都隐隐觉得在种种难以原谅的细节背后，其实也在慢慢地体谅他。他还那么年轻，刚刚到达父亲离开我时的年纪，那是一个足以让小朋友搞混该叫哥哥还是叔叔的岁月区间。可这样的联想居然令我难以原谅自己。我的道德不允许我这么做。

"有人从中作梗"。夏天里那位道士这样说道。我想起那天基隆正下着大雨。窗外雨点啪啪啪敲击着雨篷。基隆一年两百多天都在下雨，却还不是全台湾最会下雨的地方，它的自杀率却是全台最高，县府曾印发三万张防跳楼贴纸，却依然没法阻挡在地人厌世阴郁的魔力。

记得有次电视新闻里播送基隆雨，标题是"雨有错，但不能都怪雨"。可真像他。

五

台北市府在新年里拆除了横跨淡水河的忠孝桥。我这样的半路市民本来不该对它有什么值得珍藏的记忆。但有段日子，我常往返于三重与万华之间，往返于锐奇家与台北城之间。二〇一〇年，台北县升级为新北市，我们住家的地址也随即更换了，我还有点不习惯，历历在目。像来年，听说上海卢湾区划入黄浦，五年后闸北进入静安，我都不算亲历，只是听说。家乡路牌号换了没有，区政府总要更换语词，我也没有亲眼看见。但台北县成为新北市，我却真的在那里。即使是作为一个外人，都能不经意体会到自己或许见证了些什么。我的台湾朋友默默思念着这座桥梁，他们的寥寥数语被淹没在政治新闻以及灾难新闻之后，像一宗浅浅的呢喃。每当大历史铺天盖地袭来时，私人情怀是孱弱的、被碾压的。

我只记得有段日子，锐奇为了载我去学校之后再去上班，我们总是得早起。清晨有时有雾，河滨公园若隐若现，隔壁有中兴桥、远远还有台北桥，都是雾中风景。台北盆地的远山淡影，只在晨间最为迷人心魄。那是饥肠辘辘中，由远眺自带的生命气息，也是我睡眼惺忪时对岛屿日常曾有过的留恋与憧憬。

与锐奇分手后，我就再没有吃过桥下的早餐。那是味觉的永诀，毕竟我不会独自去那里，那里也不再有记忆的引道。我的大学很快就念完了，我和锐奇的牵扯似乎也从朋友到情人又最终做回朋友。几个可怕的夜晚过后，我慢慢接受了我

樱桃青衣

们三个人的局面。我曾找来第四个人以期得到解脱，但我的新男友怎么也接受不了我曾亲历这段复杂的往事，还一只脚踩在其中不愿自拔。我开始慢慢知道锐奇的破坏力，他要比我更迫切向我的生活昭示他曾来过。即使是在我家席地而坐、开启电视开关，他都挺直腰杆。仿佛自己从来没有任何过失，任何武断。仿佛对我的人生从未有过侵犯。我很讨厌他自负的样子，但就连这种讨厌，我居然都有点习惯了。

我没有办法忘记，有一年过年母亲和继父一家去了北海道，我心情显然不好，于是锐奇带我回南部老家。开年第一天，我们就从台南出发顺道游玩，去了高雄美浓，去了旗山。那是我最开心的一个年节，有别于一九九三年以前的上海，也有别于二〇〇七年以后的台北。温暖、明亮、充满自由，也充满欢愉。我们租了自行车，行游穿越农家，也徒步穿越山林，起床就听得见鸟叫，傍晚能看海边落日。但我不知道的是，原来这场小旅行并不是什么"顺道"之旅。我们回他老家那日已经很晚，隔天一早就出了门。锐奇明显是害怕我在家住会被亲友们问起，怕我知道真相以及太多细节，才急忙带我出门。

人被蒙在鼓里时，总是最享乐天真，那段日子我拍了好多照片，后来却连那个相机都不愿意打开。我后来才懂得，他姐姐为什么隔天一大早包给我那么大一个红包后转身就开车走了。也懂得了他父母为什么大早晨坐在躺椅上眯眼睡觉，仿佛看到我又仿佛没有。我只在他家睡了一晚，他母亲给我准备了空房间。问了我几岁，是哪里人，父母还在不在。"大陆来的啊。夭寿喔。"她说完摇摇头走进黑夜里，背影像一个恐怖的谶语。

几个可怕的夜晚过后，我们都哭得双眼红肿。锐奇甚至开车载着我，去了墓园。他逼着我去看，就连给太太的墓地他都已经准备好了。那是个单墓，留着照片的位置，我第一次看到他太太的名字。他是要力证自己不是劈腿，他是爱我的。他也不知道该怎么办，不知道人生为什么这么难。那段回程路，我看着失态的锐奇颤抖地把着方向盘，甚至担心过他会把我丢进淡水河里。就像那年开年，谢依涵的八里双尸命案一般。潮水般掩盖，又潮水般彰明。

我非常失望，狠心搬出了锐奇的公寓，去问母亲借了一笔钱。母亲脸色很难看，一直对我说，"姆妈也很难的。"我对母亲说，"我会还你的。"她就哭了。我不知道她在哭什么，我说，"我真的会还你的。"母亲抱了抱我，说，"侬不要怪妈妈好吗？"说得我都有点难过了，但我答应了她。我鼓起勇气去和制作人说，我需要一份正式的工作。制作人于是介绍我去电台，一样是从助理做起，薪水很低，我的房租就能吃掉大半。但我没想到主播是他情人，怪不得她一开始看我的眼神就怪怪的，问我为什么要来台湾，问我什么时候走。所以我的失业恐怕是早晚的事。因为报上登的她的丈夫，显然不是我的旧上司。

开始时，锐奇常打电话给我，我不太接，我有了另一台手机，但这一台始终开着机，我给它充电，像一种豢养。它提醒着我，要有风险意识，要找到属于自己的取景框。再后来，一点一点，我只收得到锐奇按时缴费的讯息了。我谈了一些短暂的恋爱，但始终难以习惯台湾人的思维方式。他们内心强烈的戒备与不安全感，甚至远远超越我这样一个在异乡生活的、没有父亲的人。

去年夏天，台北迎来了数十年难遇的强台风，新闻说，台风圈面积辽阔得大约有四点六个墨西哥那么大。上海也有台风，一夜过后，会倒一些树。我总是开着电视，然后与它对话，它说说最近发生的事，我说说我心里知道的事。

锐奇突然打给我问我是不是停水，我不知他如何获得我的新手机。但想来，这也并不难吧。只是我看着那一台依然维系着生命的旧门号，宛若看到他苦撑多年的妻。电话里锐奇告诉我，他太太已经往生。我说"阿弥陀佛"。他说"是啊，阿弥陀佛"。但他其实是个基督徒，虽然看上去总也不太像。

好多年前，虽然我不知道确切的日子，锐奇开车载太太去山里游玩，被突落的山石压到。他幸免于难。用我们迷信界的话讲，是太太为他挡了一灾，他理当感恩，而不应该贸然爱我，骗我相信他，他是可以跟我结婚的。他不应该伪装成单身的样子。如今甚至也不应该再找我。而我在认认真真等待那个两年后的人，那个道长告诉我的"新的人"。无论锐奇太太是否健在，他是否还在，对我而言，这都是经过，是度过，不是正道。我与锐奇之间，巧遇那么多天灾，也不过如苦匏不材于人，共济而已。我远远没有我母亲这样坚强。即使我和她一样平庸、勤快、相信幻觉。即使我和她一样并没有在此地找到一丁点的归属感，日复一日，年复一年。

在这样的时代寿终正寝是多么苦难啊，那位妇人。肾脏衰竭，就洗肾。肝脏坏了，就洗肝。不能吃，就用鼻胃管灌食或从静脉注射打营养针。不能呼吸就插管、气切，再接上呼吸器。心跳停止，还能用体外心肺循环机。六月末新北市的八仙尘爆伤亡那么重，许多全身烧伤达百分之九十的病患依靠机器苦撑，医生询问病人本人是否还想抢救，有人点头，有人摇头。一念之差，就可以人为地天人永隔。

但无论那位妇人说不说话，我们共同爱过的那个人，仿佛都不该在这样的时候独行新人生，我也不该替她原谅他。上帝也是这么想吧。

六

"要我陪你过年吗？"锐奇那天问。

"不用了吧。"我说，"她尸骨未寒。我也害怕。"仿佛又大大扫了他的兴。

"你总是怪我，好像我是不道德的人。好像只有你知道什么是道德。"他淡淡说，开着电视，果然听起来会顺耳些。

"我很害怕。"我又说。

"别怕了。"他说。而后我去了趟洗手间，听见他走了。

他还带走了我贴在床头的安宅符，贴上了他亲手写的"平安"。

我一个人悄然熬过了年夜、初一。没有生产什么垃圾，也没有真的吃什么东西。爆竹声又令我想起一九九三年，父亲不在家的第一个春节。外面的声音都听来刺耳，家里又静得怕人。媒体指责无情的人们在灾难日居然自私地开心着。殊不知自私的开心是最开心，私自的悲哀最苦。其实我早该知道，母亲是不会喜欢这种氛围的。她多么热爱华而不实的社交，热爱关注，热爱孔雀毛和燕窝羹。要胜过爱我。她只像惦记上海的退休金一样惦记我。也许她是对的，听说现在的退休金并不微薄。我对她的爱也不微薄。要与那个人在一起生活也是很难的吧，母亲似乎过得并不好，她对我能表现的关怀，也不过是一盒喜饼，两张电影票。像我能对她的关怀，不过是遥遥地，给她的九宫格朋友圈点个赞。

在锐奇给我的那一袋子食物里，有肉干、瓜子、开心果、红枣姜茶，还有两大袋我留在他家里的挂耳咖啡。我想他一定不是故意的，因为这咖啡早就过期很久。他拿来我这儿，不过是认定我不会再去了。他也不会喝，所以还给我。咖啡弥漫着一股浓重的中药味，它已经吸入了太多锐奇厨房的气味。我也无处可丢，大过年的。

我想起来我们吵架最激烈的那天晚上，他苦苦死守着一个底线，就是希望我给他点时间，他没法一下子接受我的离开，我以为这只是借口，原来这是真的。后来，从一点点给我衣物、到退订电视、到还我被子、咖啡，直至送我暖气、暖暖包。这漫长的告别穿越过他的太太离开人世，仿佛还将一直告别下去。我无法进入他的新生活了，他也开始接受新生活里没有我。这样的过程，我也难过的。毕竟，他应该是这座城市里对我最好的人了，好到像一个象征。当然这种"好"里难免夹杂着许多问题、许多干扰，严重的问题，严重的干扰。

离开他以后，我又只能从新闻里了解这片地域的日常生活了。民众抢着帮救灾消防员付便当钱，受困120小时的红贵宾犬获救时全身发抖，维冠大楼中罹难的六口人刚订了全家去泰国玩耍的机票，大年初一有个男生问女朋友要红包后来被车撞死（听上去好像没有什么逻辑）。这让我想起七月里的那场台风，也曾听闻有一对情侣闹出人命，是女生让男生去取比萨，男生取完回来要分手，女生就杀了他，然后报警，谎称男友自杀。警察怎么也没弄明白，为什么有人冒着这么大风雨取了比萨回家之后突然自杀，而后拘捕了哭哭啼啼的那位女生。真惨。我心想。事非经过不知难。

我吃了母亲给我的喜饼。但那两张电影票，我找不到人去看，就自己去了板桥。天冷得叫人心慌，那对票还一定要赠送两颗巧克力球，味同嚼蜡。我在黑漆漆的影院里看了一部还算不差的惊悚片，想起从前和锐奇看电影，他总是会睡着。我如今也时常感到晕眩，总而言之不醒。总而言之感到力有不逮。如黄粱度梦，樱桃青衣。

想起来，父亲离开人世已二十三年。寒潮再来也不过是这样一个光阴轮回。他曾去到我们那个三十平方米的小家，角角落落都留有他散落的气息，是他亲手建立的小风景。一度我还以为，只要我还留在家里，那父亲就永远会在那里。没想到他真的不在了。我必须接受这件事，如今我和母亲所在的城市，我们的手机、我们的电脑、我们的朋友圈、我们的脸书里……我们的时代，从来都没有出现过他。狠狠心我可以将他彻底忘记，不那么狠心我也真的快要不记得我们曾经在一起吃过的最后一餐饭、说过的最后一句话。如果我的身上没有流着他的骨血，我几乎要和他成为陌生人了。死别如此，生离恐怕更是轻盈。他们都是远去的人，远去的温存。偶尔来我这里逡巡，霸道却迷人。我很难阻止的。

到深夜里我的那台旧机忽然响起，我很久没用它了，也常常忘记给它续电。它突然跳出一则提醒，是我废弃已久的一个 line 账号。有人跟我说"新年快乐"。是我在念大学的时候，遇到的一位大陆交换生。她说自己正在香港玩，很冷清的一个年，突然就连上了 line，和我说句话。

"我也很久不用了。"我说。

"你还在台北吗？"她问。

"是呀。"我说。

"永远吗？"她又问。好可怕的问题。

"不知道呢。"我回答，一时语塞。

霎时间我看到有些奇怪的东西跳动，久违的朋友圈提醒。我看到锐奇一家围炉。那可真是一个熟悉的厅堂。几年前我也曾去过的。却没有吃上一餐饭，不知道那些大人谁到底是谁。锐奇的身边坐着一个年轻女孩子，眼神里有些奇怪的光芒。他扶着她的肩。我将照片放大，又放大。没有标注姓名。

只看到他寥寥写了几句，新年快乐，底下有人问他什么时候结婚。他发了一个模棱两可的表情，不置可否。还有一张脸我倒是认识的。

"大陆来的啊。夭寿喔。"那张脸说完这句话后摇摇头走进黑夜里，背影像一个恐怖的谶语。

那一夜，新闻滔滔不绝在说，在台南救灾的中华搜救队决定集体撤离。"我们要被放弃了吗？"受困者家属问。

自渡渡人

——张怡微论

岳雯

一

　　二〇〇七年，怀揣热望闯进文坛的张怡微，是人们想象
中的天才少女的样子。此前，还是高中生的她就以一篇童话
获得了新概念作文大赛的一等奖。第二年，她再度获得二等
奖。这是一代人登上文学舞台的典型方式：他们通过超出同
龄人的阅读与思考，显示出了早慧的文学才华，并以选拔的
方式进入文学与市场的双重视野，被视为正在冉冉升起的群
星。他们的写作，也被命名为青春文学。然而，残酷的是，
从青春文学到文学，还有另外一场极为严苛的筛选，考验着
他们的耐心、热情与持之以恒的才华。多少人就此从文学的
世界里消失了。对于张怡微，这似乎不是一个问题。她再度
抓住了一次选拔的机会，在《上海文学》举办的中篇小说大赛
中崭露头角，以《我真的不想来》获得新人奖。这一次，她与

乔叶、葛水平、曹征路等作家的名字在一起，这意味着她涉过了青春文学的河流，在文学的世界里安营扎寨下来。《我真的不想来》也成为张怡微真正意义上的处女作。

勘探一个作家的处女作，会有许多有意思的发现。在处女作中，往往凝结着一个作家观看世界、以艺术的方式为经验赋形的方式。这种方式甚至会在很长一段时间里支配着作家，决定其创作的方向与风格，甚至决定了他／她在艺术的道路上能走多远。如果你留心去看，处女作会自己开口说话，说出许多故事，也说出不为人知的秘密。那么，《我真的不想来》透露出年轻作家怎样的讯息呢？ 小说是一个年轻女孩子对于她所体验到家庭生活的幽微曲折的情绪表达与反省。小说从罗清清到外婆家过年的情形开始写起，扑面而来的是"簸箕里的黑色尘屑，仿佛还在蠕动的样子"。这一意象几乎凝结了小说人物对于家庭的感觉。她渴望一个家族重现过去的热闹，团圆、齐整，然而，在经历种种原因的离散、人去楼空之后，只剩下女性成员的家庭充满了凄清的味道。而这一味道偏偏被空有外壳的仪式所放大，在年节时刻显得分外刺目。小说让读者发现，一个敏感的灵魂承载着太多令人难堪又倍感折磨的情绪：外婆的偏心、母亲的隐忍、小姨的刻薄、父亲的疏离……一个家庭中成员之间的作用与反作用力，悉数重重压在罗清清心灵的秤盘上，千言万语，在罗清清的"我真的不想来"中被引爆，是情绪的宣泄，亦是心灵的回响。

在一个作家的处女作中，我们能发现前辈作家的踪迹，比如张怡微对于人心人情中势利的关注、将经济与人性的关联，乃至于遣词造句的方式方法上、包括对警句的追求上都能看出张爱玲无所不在的影响。像张爱玲一样，张怡微还显示出了描摹心理经验的偏好与才能。面对仿佛没有什么大事发生的日常生活，她耐心地一一追踪小说人物漂移不定的心情，一步步写出了情绪怎样逐渐改变，怎样层层累积，以至于顺理成章到达结尾的"爆点"。此后若干年，我很少见到张怡微讨论张爱玲的文字，倒是她的导师王安忆时时成为她追慕的偶像。然而，有些前辈的影响是强力的，甚至是无法逃脱的。当然，在影响之外，她开始发展出属于自己具有辨识度的风格：以清冷包裹滚烫、以微小抵达宏大。

一个年轻的写作者如何找到自己的第一篇小说？要回答这个问题，不妨将这篇小说与张怡微写于十六年后的散文《兔年灵犀 四合如意》进行对读。在这篇散文中，她细致描述了小时候过年的情形。外婆是如何兢兢业业烧菜，先给看不见的人吃，召唤只有她看得见的亲人，给他们排座椅，母亲如何烧金纸，而"我"又是如何一遍遍地磕头。显然，在《我真的不想来》中，张怡微犹如一位本色出演的演员，将自己的生命经验给予了她的人物罗清清，也将自己的生命情绪与罗清清共享。在技法上，这篇小说或许还有几分稚嫩，却因为情感的真切显得饱满动人。作者勇敢地撕开了温情的面纱，露出家庭内部不无粗粝的里子。家庭并不是爱的乌托邦，家庭成员之间也并不因为血缘关系就天然拥有了爱与理解的能力，恰恰相反，经济、道德等诸种因素始终在考验他们，也将他们在情感上分开。张怡微和她的主人公如此强烈渴望家庭带给人温暖，却时时与坚硬的现实相碰撞。可以说，这一近乎创伤的情感体验构成了她强烈而持久的创作动因，也将她与诸多写作者区分开来。对张怡微而言，写作，不是为了炫耀才华与天赋，也不是出于竞胜之心。她写，是敏感的心灵所承载的困惑与创伤需要表达。创作，成为实实在在处理人生问题的一种通道。通过写作，她置身其内又出乎其外，俯瞰并不愉快的生活，通过叙述去分析，并在叙述中得到纾解、疗愈。

二

《我真的不想来》带着张怡微走上了文学创作的道路，也为她开辟了自己的创作疆域。那就是家庭，或者用她的话说，是"家族"。张怡微所说的"家族"，不是传统中国宗法体制意义上的"家族"，而是新一代独生子女经由父系、母系两根枝杈所构成的交叉点与联结点，也包括离异家庭所经历的离散与重组，或者，更准确地说，主要是后者。这也是她的困惑所在：现代性的潮水一波又一波涌来，在新与旧的转折过程中，人们的思想观念、情感结构、表达方式都在自觉不自觉地发生变革，人与人之间的关系也随之发生根本变化。有的家庭解体了，曾经被血缘强力联结的人们四散开去，新的成员通过婚姻关系被接纳进入家庭空间，家庭的面目会发生怎样的变化？在这一艰难的转型过程中，人们的精神深处又在发生怎样的变化？如果说，在《我真的不想来》中，她还是以自己体验到的真人真事作为临摹的范本，很快，她就深得虚构之味。她将离散与离异家庭作为素材，经过拆解与组合，就像万花筒一样，幻化出无穷的图案。她以小说追问何以如此、何以至此，并经由家族这一支点进行自我教育，进而"完成有限的自己"。

于是，我们看到，在《家族试验》中张怡微写了许多卡在新与旧之间的尴尬人、尴尬事。《试验》中的侯心萍就是这样一个被"旧"长养的旧式闺秀。为要上班的父亲煮早餐仿佛刻到了她的骨子里，成为她的生物钟、时间表。哪怕她现在已经到了暮年，仍然生活在"旧"的时钟嘀嗒声中。这意味着，"旧"的家庭确立了她的秩序感，规训了她关于未来的想象。

那么，塑造了心萍的家庭是什么样的呢？在心萍的记忆里，家是与时时都要清爽、挺括的父亲联系起来的。对于体面、精致的顽强追求覆盖了人生许多萧索难言的部分。这不禁让人想到王安忆《长恨歌》中的王琦瑶。经过王安忆的书写，王琦瑶的人生态度被识别为上海的城市精神。从这个意义上说，心萍也是在王琦瑶的延长线上的。不过，心萍比王琦瑶多出来的是一个她不爱的继母。在父亲去世后，两个本来没有血缘关系的女人被牢牢缝合在一个家庭的壳子里，彼此磨合、砥砺着度过缓慢煎熬的日子。经由婚姻缔结的小家庭充满了说不清复杂滋味，单调沉闷中有无法深究的跌宕起伏。生老病死横亘在人生惘惘长路，浸透了一个早慧作者对于人生的诸多想象。

自《试验》开始，张怡微开启了以暮年女性写家庭生活的尝试。如果说，刚刚开始创作之路的作者往往沉溺于自我的表达，总是在小说中设定一个又一个自我的分身，那么，张怡微不惮于将分身赋予了那些历经世事的暮年女性。这大约是因为，在经历了爱情、婚姻和家庭的女性身上，能折射出更多世间诸多关系的弧光。看起来，她并不畏惧叙事者因为缺乏相关生活经验而泄露根底，显然，她相信，对生活的细致观察与阅读可以冲破经验的藩篱。这也正是小说家这一职业充满魅力的原因。因此，她的叙事语调是笃定的，有种自然而然的熟稔与老到。其中，这一系列最令人难忘的是春丽。

出现在《春丽的夏》里的春丽，已经过了五十五岁了。在历数了春丽在不同年龄阶段做了不同的事情之后，叙事者颇有些轻快地总结道，"她每天能为自己全心全意操心一遍就已足够疲累，她没有更大的期望了，也没有了更大的失望，虽然是显而易见的常情，有时又显得没有那么简单。"这似乎是对所有女性一生命运的总结。说起来，春丽的人生中，也没有什么大事，即使是离婚、再嫁、开照相馆这些当时看起来大河拐大弯的事件，日后再回看的时候也在记忆中钝化了。这个年龄的女性，对于将惊心动魄的生活简化为日复一日平淡的生活的能力无师自通。所以，小说写的是一些琐碎的事情，新村的邻居，照相馆里的一些奇奇怪怪的顾客，等等。但就是这些谈不上好也谈不上坏的事情，汇成了人的一生。最后，我们记住的，是春丽在人世的喧腾声中踩着踏板悠闲地穿过小区，穿过儿童和老人，一鼓作气地去上班的形象。仿佛一切和她二十岁时候没什么不同。这个形象里，有着某种强悍的生命能量。这个能量甚至不是张怡微的。她只是看到了，记录了下来。值得一提的是，《春丽的夏》与《试验》里也有了微妙的差异。《试验》里的叙述者是温婉的，是蒋晓云式的娴静与淡定，带着些许不易察觉随时光而来的疲惫感。《春丽的夏》的叙述者则是爽利干练的，有市井气。多少小说家终其一生，只会以一种声音说话。随人物调整叙事者的语气语调，是小说家的微妙才能。

《春丽的夏》发生的场景，是照相馆。这取材于张怡微的个人经历。在一篇散文里，她提到他们家曾经在新村里开了五年的照相馆。照相馆这样的空间，被赋予了文学化的色彩。有什么样的人会专门到照相馆里来照相呢？照片背后，又隐藏着怎样的生活秘密呢？《春丽的夏》中春丽是主角，顾客是过客。到了《奥客》，虽然春丽仍然出入其间，但是，叙述的焦点、读者的好奇心都转向了老贾。老贾一年给一位家人做一本相册。相册里是一个人一生中值得纪念的时刻。就在老贾行将就木的时刻，他还挣扎着为自己拍下了最后的照片。然而，这些照片在老贾的家人那里并没有激起怎样的涟漪。只是，谁也不知道，老贾精心制作的相册里，还有一位神秘的女士。老贾和这位女士因为什么原因分开，两人又以怎样的心情抵御漫长时光，春丽和她的丈夫不知道，我们也不知道。这留下的空白正好供读者长久地回味与追索。

这一时期，张怡微以个人经验为素材，观照人世，也尝试不同的小说表达方法。除了上述篇什，《呵，爱》令人印象格外深刻。这是一个青春期女孩子踮着脚尖，往成人世界眺望的剪影。那个下午，"我"为什么会带着艾达回家？是青春期的逆反，还是为了反抗原生家庭的破碎感，抑或是为了在同龄朋友面前取得隐约的优势地位？少男少女笨拙地摸索着通往成人世界的道路，却迎面撞上了成年人的世界。那一刻，"我"又是怎样复杂的感觉？那样一个明亮的下午，犹如长长的黑暗甬道，是人生必须经历的一个阶段，也是自我被感知、被触碰到的时刻。我们常常将情感分为亲情、友情、爱情等，仿佛这些情感的河流泾渭分明、互不搭界。事实上，情感可能更像是鸟巢，一种情感触发另一种情感，多种情感交叉、缠绕，说不清、道不明。《呵，爱》的好就在于张怡微将人所遭遇的多重复合情感状态包裹在一个个真实可感的细节中，娓娓道来。理解这些情感的过程，其实就是理解自我的过程，尽管这一过程漫长，没有尽头。

三

在《呵，爱》中，"我"告诉了艾达一个巨大的秘密，那是"我"被迫目睹了父亲向母亲乞求感情的私密瞬间。这一瞬间牢牢支配了"我"对情感的理解，也成为"我"无法摆脱的创伤性回忆。"我"与艾达分享这个秘密，期望获得回响与安慰。能否理解这个细节，甚至成为"我"能否与之发展一段情感的决定性因素。此后，"我"又用这个细节试验了"我男朋友"。到长篇小说《细民盛宴》中，这个细节再次出现了。显然，这个细节是理解张怡微"家族试验"这一系列小说的密码。父母之间隐秘的不对等的爱以及子一代的态度是支撑这一系列小说的情感结构。从这个意义上说，《细民盛宴》是扩大版的《我真的不想来》，也是一个收束，或者用张怡微的话说，是"总纲"。

书名叫"细民盛宴"，自然从宴会起笔。这大约更像是从简·奥斯汀，而不是《红楼梦》那儿来的灵感。《红楼梦》里大大小小的筵席，盛大而荒凉，每一场都是人生无可奈何的大梦。简·奥斯汀的宴席，更像舞台，方便了各色人等轮番上台表演一番。《细民盛宴》正是从"爷爷快要不行"之际的家族聚会开始写起。爷爷、奶奶、大伯、二伯、大姑、二姑、小爷叔……一大家子人济济一堂，热热闹闹地等待一个人的死亡。说起来是有几分滑稽而荒诞的。此时，张怡微的语言风格又有了不同，有几分"刻露而尽相""幽伏而含讥"的意思了。她三言两语，以漫画式的笔法勾画出七大姑八大姨的形象，他们挤挤攘攘，正应了当下的一句流行语，"亲戚皆祸害"。事实上，张怡微冷眼描写的袁式家族，不过是让他们充当"观众"，目睹"我"与继母，也就是"梅娘"的初见。

一个家庭，在婚姻破碎之后，夫妻之间、父母与子女之间，关系都会发生微妙的变化。倘若分开的二人，又重新缔结婚姻，情形就更复杂了。张怡微正是打算引领读者一步步深入家庭外部难以厘清、更难以明言的关系丛林，从"未肯尽抛一片心"的只言片语中摸索、推测人心。这大约就是"世情"的意义吧。那么，"我"是如何看待"梅娘"的呢？小说是这么描写的，"她显然也有卸不掉的拘束，心思沉沉，满身月色，面孔像熨斗经过后的过分衬贴，带着热辣辣的湿气，硬要屏息架着一副矜持礼貌的面具。"① 小说摒弃了继女与继母仇恨敌对的刻板印象，以人的目光平视互看。对于"梅娘"，"我"固然有着至亲被分享的微妙敌意，更有着难能可贵的理解和同情，正如小说所说的，"我看着她，脑海中忽然闪现一道灵感，我觉得我们俩未必能成为朋友，但与此同时，我们似乎也不会有足够的精力成为对方永恒的敌人。""我"在第一次见面的糟污氛围里奇迹般理解了继母，也在长期的共同生活中接受了继父。"因为我目睹了他为了与我们在一起生活，亦步亦趋、付出了惨痛的代价。他并没有得到什么好处，甚至丧失了旧年华里的太多骄傲。他勇敢而不退缩，似乎早就做好了长期的准备，来容忍我的排斥、冷淡。他坚忍而努力地讨我欢心，至少让我不受委屈。"即使，这接受里有对于亲生父亲的暗暗羞愧与不忍之心。可以说，整部小说都是在剖析

① 张怡微：《细民盛宴》，人民文学出版社 2017 年版，第 4 页。

这样一种非敌非友、似远还近、介于亲疏之间的关系。这关系里有忍耐、温情、善意与对人之为人的体面的追寻。这点光亮虽然微弱，却让人觉得这泥泞的世间尚有立足之地，又犹如雨天疾行，那一把撑起的伞，虽不足以抵挡狂风暴雨，却也带来些许暖意。

《细民盛宴》之动人，还在于小说里有着波澜万丈的意难平，以及对于意难平的自我说服与自我安慰。意难平大约是人生的常态，正如崎岖是人生的常态一样。差别在于，有的人能启动遗忘这一保护机制，将难平之意一一捋顺、驯服，恍如无事发生；有的人则始终恋恋不能忘，以至于成为黑洞，深不见底。"我"对于父亲的感情正是如此。在"我"的描述中，父亲犹如披着尘灰色的缁衣，像旧时家庭里的庶生子，是卑微的、不被看见的。父亲只爱母亲，盲目而巨大的爱，令他看不到其他人，也看不到"我"。"我"耿耿于怀父亲的看不见，始终难以释怀。年深日久，得不到的爱甚至成为自我的一部分。父亲的存在本身，对"我"而言，就是一种巨大的情感折磨。

> 我每天在回忆的路途上走来走去，都有无穷无尽的掉队感。这样熟悉的感觉很久以前也是有过的。有典有故，带着明确的怯与仓皇。幻肢之痛，却不能不往舒坦里去想。万事只要想着求全就是自毁，然而爱本身就是

求全，故而自毁没有意外。

因为意难平，所以无时无刻不在回忆。在回忆中寻求一点半点的火光，也在回忆中再次被灼痛。某种意义上，写作的意义也在于此。在哀哀难已的伤痛中理解世间人情物理运转的规律，体贴遥远而多变的人心。张怡微以文字为舟楫，划过惘然的生命之河，再回首，万水千山已过。

多年以后，张怡微以学术化的语言后设式总结了自己的追求。她说，"我曾在《家族试验》中写过一句话，'家族生活里永远没有沉思'，尽管我们所遭遇的第一个重大人生磨难多来自家庭，多来自与家人建立的关系。黄仁宇曾将'血缘关系''性关系''家庭关系'定义为人类三大基本关系，这三大关系，是家族小说延展的基础。简而言之，'五四'以来的家族小说的先进性，是以冲破家族关系、冲破血缘束缚作为志向的。一百年过去了，经由城市化、消费主义，经由两性关系、婚姻制度和生育观念的转变，文学上也产生了新的变化，旧的关系正逐步瓦解，新的关系又在他处建立（如科技世界、虚拟世界），经济关系开始发挥更重要的作用，塑造我们重新看待家庭生活的情感结构。"① 由此，她断言并申明，

---

① 张怡微：《"新家庭主义者"——谈〈家族试验〉再版及近期创作》，《故事识别》，山东画报出版社 2021 年版，第 232 页。

"'家'依然是中国读者理解世界的一种基本模式。""什么是家人？——这是我一直在思考的事"。① 她找到答案了吗？或许，答案本身并不重要，重要的是，她以她的写作，不断拓宽了我们对家的理解，对家人的理解，也将她自己从昔日的不快乐中拯救出来，获得微弱却断续不绝的能量，承担生命的重荷。

四

如果说，《细民盛宴》是对哀痛志的告别，到了小说集《樱桃青衣》，仿佛所有的眼泪已然流尽，在哀伤的尽头，张怡微的写作开出了一个崭新的空间。关于这一点，她有着明确的自觉意识。在后记里，她说，"写作的事，由倾诉始，但倾诉是会耗尽的。倾诉欲耗尽之后，更纯粹的创造的快乐悄然滋生，心里的时间开始说话。那是与自然时间越来越不一样的宇宙，每一段眼波的投掷都是心里的名牌若隐若现，往昔则如电光，什么都不作数，什么都珠残玉碎，又摄人心魄。"②

---

① 张怡微:《"新家庭主义者"——谈〈家族试验〉再版及近期创作》,《故事识别》,山东画报出版社 2021 年版，第 232 页。

② 张怡微:《樱桃青衣》,华东师范大学出版社 2017 年版，第 218 页。

这意味着，她已然不需要依靠文字渡河，而是变幻出一座又一座的城池，供长途跋涉取经寻宝的人们停留下来歇息。这个集子里的篇章，樱桃青衣，蕉叶覆鹿，都与梦有关，是在暗示文学能造出幻境，而真与幻之间，天地浩大无边。

尽管，《蕉鹿记》扑面而来的仍然是大恸，是"世界上最懂我的人没了"，但是，生者还要继续活下去，还要从烦难实苦中寻到生活的乐趣。"浅蓝色克什米尔大衣""豆沙色的口红"依稀暗示出这一点。和许多女作家对物本身一往情深不同，张怡微始终没有表现出对于物的狂热与执迷。即使写物，她关注的仍然是人与物的关系，是物背后的历史记忆与文化世界。显然，与"我"沉溺于哀伤的情绪不同，母亲已经做好了开始新生活的准备。我们在小说里遭遇过那么多母亲，要我说，《蕉鹿记》里的母亲仍然足够特别。丈夫的离世，似乎并没有对她的情感带来多么大的冲击。她平静、得体地接受了这一切，显得冷静而自持、独立而强大。母亲与蒋先生的旧梦重温，是对既有伦理关系的些许偏离，却也不分外惊世骇俗，是在情理之中。然而世事无常，温情脉脉的团圆不过是建立在流沙之上。蒋先生的离世让这一切不过是大梦一场。以葬礼开始，又以葬礼结束，仿佛是一个圆回到了原点。但是母亲变得不一样了。在这个完整的故事以外，叙述者的态度颇值得玩味。或许她仍然会为世界的不完美、不圆满而心生遗憾，但是，"我"已经开始以坍塌之后的碎片重建人性之塔了。

《度桥》中的"我"与母亲也需要面对尴尬的生活。父亲以一种不体面的方式遽然离世，与"我"在婚姻中不期然揭开的疯狂的盖子，都是生活中永恒的尴尬。如何化解呢？张怡微特地将"我"的身份设置为研究表情包的博士后。依托他的研究领域，将网络生活中不知名的对话，作为疗愈。"两个对话者可能互相并不知情，隔着时差，也隔着时差中所不断发生的数不清的往事。这种互不知情的相遇，令我们的观看创造了全知的优越感。这很浪漫，不是吗？我们完全可以和这个局面暧昧地相处下去，而这些看不见的人和我们一起，正经历着不被理解的最好的事情。"① 这是张怡微对于新的媒介的美好想象。在她看来，新的媒介创造了一种人与人关系的新形态。人在本质上是孤独的，但是，来自时空深处的那一点点暖意也足够我们确认存在。所以，《度桥》的结尾有了难得的暖意。

暖意在这本集子里，像泅开的水迹，慢慢扩大、蔓延。底子还是寒凉刺骨的，这点人生的滋味就格外动人。《过房》大约就像樱桃，充满了各种难以言喻的滋味。老夏对佑琪一

---

① 张怡微：《樱桃青衣》，华东师范大学出版社 2017 年版，第 54 页。

辈子的执守，放在浪漫小说里，就是传奇。张怡微偏要将这"传奇"放在日常生活的显影剂中，照出那些人们看不到的缝隙，照出黑黢黢的影子。固然，老夏对于三口之家的团圆，抱有不切实际的期待，但是无望的等待、付出，也不是没有酸楚、厌倦与灰心的。只是，这酸楚太微弱了，一点点光就能四散开去，只有面对母亲和姐姐们无条件的爱时才会再度浮上心头。爱与被爱，哪能说清楚究竟是怎么回事。最终，那么寂寞的老夏在墓碑上与双亲实现了团圆。看，这就是张怡微的态度。生亦何欢，死亦何苦，孤单几乎是人的本质宿命。快乐是虚假的、短暂的，又何妨大梦一场。

对于作家而言，心态、情感的变化都实实在在地会对语言产生影响。这一时期，张怡微的语言不再黏稠、潮湿、带着湿漉漉的情绪与地方性的风格。工人新村的影子渐渐消隐，现代都市感浮出水面。对人世的理解越深，她越发敛去了语言的倒刺，变得轻盈而有弹性，从容而舒缓。《樱桃青衣》仿佛是邈远处传来的哀歌，那一点点切近的人生苦味，在浅唱低吟中时而清晰，时而杳不可闻。这大约也是张怡微创作的好光景吧。在小说中，她构建一段生活，然后进行推演，由此，在小说抵达终点的同时，她也获得了某种"生活力"。

一边写小说，一边继续求学，直到她在台湾政治大学完成博士论文《明末清初西游记续书研究》。她从一个学生蜕变为经过严格学术训练的学者。学术生活训练了她的理性思考能力，其影响也映射在她最新的作品集《四合如意》中。《四合如意》被命名为"社交媒体一代的新世情小说"。就像写论文一样，她专门撰写了一篇文章《机器与世情》，以学者的眼光为自己的创作提供主题性的命名。她从一则社会新闻出发，以电影、纪录片、话剧等其他艺术形式为视野，借助控制论与社会科学研究的成果，提出，"我们需要思考的是，电子技术时代中，在人的身体之外延伸出一个活生生的中枢神经系统的模式，文学能够从中获得什么、打捞什么、挽救什么。我们如何感受他人的延伸或自我截除，这与人的命运叙事，又将如何相互作用。"① 小说集对于空间的拓展，亦为张怡微所看重。在王安忆的指导下，小说的触角不再拘泥于上海与台湾这两个她有着生活经验的地方，而是延伸到海外她所不熟悉的移民生活，使得小说也有了不同于以往的面貌。尽管张怡微本人赋予了这些小说更为学术化的解释②，但是，在我看来，抛开种种新科技与新媒介的外壳，《四合如意》讲的还是人如何与自己自处。在得到教职以后，有了稳定的经济来源，张怡微松弛了许多。学术带给她理性的眼光。正如小说

---

① 张怡微：《机器与世情》，《文艺争鸣》2019 年第 2 期。

② 张怡微：《调取日常经验，对人的生命体验进行重新赋形》，《文学报》2022 年 9 月 23 日。

集的名字所示，她的小说人物不再沉溺于生活的困境，而是借助精神世界的力量，平静温暖地和自己在一起。

《端正好》里的阿梅，带着满足感醒来。她自得其乐地赖了一会儿床，和Siri对话，又让它讲了一个笑话。独自生活的阿梅没有什么过不去的遗憾，也没有意难平。看上一间房子，就安安稳稳地等待，用尽全部力气去争取，按部就班对待那些琐碎的事情。像阿梅这样，享受生活明亮的善意，看着看着就叫人振奋起来。《冉冉云》中的"我"是个电台主播，他可以"隔空跟自己聊天"，也跟听众阿德建立了一种不是很亲密，也不是不亲密的联系，那一刻，"我感觉到有一片云披星戴月，不辞冰雪，穿过了山野，荡过去了。"①《缕缕金》里的邱言仿佛替这本集子里的人物，也替作家道出了心声："生活趋于极简，精神上反而振作了。事到如今，还有什么需要赶时间去做的呢？知识结构稳定了下来，父亲母亲也稳定了下来。一个人单枪匹马度日的坏处越来越可以负担，一个人单枪匹马创造的福利也收割得越来越有条理和层次。比起应对日常生活的枯燥，探微内心的矛盾反而更为棘手。"②一个人成熟的标志，大约就是不害怕别人不爱，也不害怕爱吧。而他们之所以顺利地渡过那条爱的河流，是因为他们找到了

---

① 张怡微：《四合如意》，人民文学出版社2022年版，第47页。

② 张怡微：《四合如意》，同上，第81页。

另外一个稳定的精神世界。这个世界稳稳地托住了他们。《字字双》里的安栗一直以为她的研究与日常生活是截然不同的两个世界。然而，突然有一天，她发现两种生活的界限被打破了，她的学术不再仅仅是纸面的意义，而是渗透到她的日常生活中，微弱而持续地改变着她对生活的看法。学术帮助她理解生活，生活本身也在给她的研究提供能量。那就把生活当作可以投身其中的田野吧，像爱生活一样爱研究，像做研究一样建设精神生活。

从不平静到平静，这条路，张怡微走了十六年。经由写作，她成为一个前途远大的作家，也为自己赢得了积极而实用的生活力。这种"生活力"让她始终置身于生活之内，以文学唤醒生命感，进行自我教育，进而启悟他人。我的疑问在于，如果没有了愤怒作为燃料，她还会持续不断地写下去吗？时间会给我们答案。